Ludwika Gacek

ARIEL

UNIWERSUM
Oczy Królowej
II

Skład i łamanie: Robert Gacek
Projekt okładki: Ludwika Gacek
Ilustracje: Ludwika Gacek, Queen Eyes/Midjourney

Wydanie I
Maj 2024

ROZDZIAŁ I

– Czy potrzebujesz pomocy?

Otworzył oczy. Leżał twarzą do ziemi z ramionami wyciągniętymi przed siebie. Palcami dłoni dotykał chropowatego chodnika. Mlasnął ustami. Strasznie chciało mu się pić.

– Czy potrzebujesz pomocy? – odezwał się ponownie ten sam delikatny głos.

– Czy potrzebujesz pomocy?

Podniósł głowę, zastanawiając się, do kogo może należeć. Zobaczył nad sobą parę zdziwionych, zielonkawych, kobiecych oczu, okrągłą twarz i rudawe włosy sięgające ramion, lekko poskręcane od wilgoci. Nie miał pojęcia, kto to jest.
– Co...? – zapytał słabo.
W głowie miał mętlik. Popatrzył wokół. Leżał przed jakimś szarym budynkiem, na chodniku, z dłońmi wyciągniętymi w kierunku żelaznej bramy. Nie pamiętał, jak się tu dostał.
– Gdzie ja jestem...? – spytał schrypniętym głosem.
– Jesteś przed „Przystanią miłosierdzia" – powiedziała kobieta.
– Przystanią...? Co to...? – spytał.
– To ośrodek dla potrzebujących, chorych i bezdomnych – odezwała się znów. – Czy jesteś bezdomnym? Czy dlatego tu przyszedłeś, bo jesteś potrzebujący?
Zamrugał. Coś zaczęło mu świtać.
– Czy macie tam serum? – spytał.
Ona nie odpowiedziała od razu.
– Macie tam serum? – powtórzył.
– Mamy tam różne lekarstwa... – powiedziała z ociąganiem.
– A serum? Macie serum?
Ona przyglądała mu się chwilę. Patrzyła na niego przyjaźnie, bez cienia lęku czy zakłopotania.
– Myślę, że najpierw potrzebowałbyś coś zjeść, co? – odparła.
On podniósł nieco głowę.
– A macie jedzenie? – spytał już nieco bardziej przytomnie.
– Tak, mamy stołówkę dla bezdomnych – odparła. – Jesteś bezdomnym?
– Tak... Chyba tak – mruknął.
Dźwignął się na nogi i zobaczył, że zarówno spodnie jak i kurtkę ma całą umorusaną w błocie, a pięści zdarte do krwi, jakby się z kimś bił. Nic nie pamiętał. Złapał się za opuchniętą szczękę. Bolała.
Kobieta spojrzała na niego ze współczuciem.

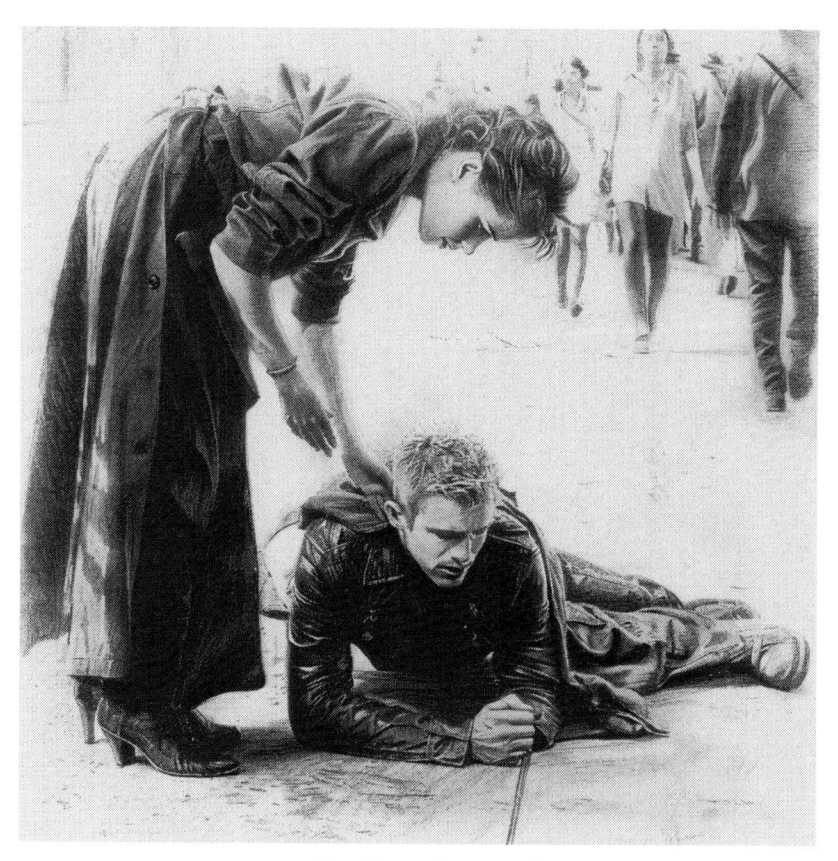

– *Czy dasz radę sam...?*

– Jeśli chcesz, zaprowadzę cię do miejsca, gdzie będziesz mógł się umyć i założyć czyste ubranie – zaproponowała. – W „Przystani miłosierdzia" są też wolne pokoje dla najbardziej potrzebujących.
Spojrzał na nią z ukosa. Była niższa od niego o głowę i miała zgrabną, krągłą sylwetkę, którą okrywał długi, szary płaszcz.
– Czemu nie – odparł.
Ona pokazała mu na bramę.
– To tu, za tą bramą, leżałeś dokładnie na wprost niej – powiedziała.

Otworzyła bramę plakietką, którą miała w dłoni. Zauważył, że nie miała identyfikatora. Zdziwił się.

Brama natychmiast odskoczyła, a ona przeszła przez nią, pokazując mu ścieżkę prowadzącą przez zadbany trawnik do szarego budynku. Poszedł za nią, nadal zbyt zamroczony, aby cokolwiek z tego rozumieć.

Ona otworzyła drzwi i wszedł za nią do budynku. Na korytarzu kręciło się parę osób, słyszał jakieś rozmowy, śmiechy i dźwięki programów nadawanych z ekranów. To wszystko docierało do niego jak przez mgłę. Kobieta poprowadziła go do jakiegoś pomieszczenia wyłożonego kafelkami.

– Tutaj jest łaźnia – powiedziała.

Pokazała na kabiny prysznicowe.

– Czy dasz radę sam…? – zaczęła, a w tej samej chwili on poczuł, że robi mu się ciemno przed oczami.

Złapał się za framugę drzwi. Kobieta musiała to zauważyć, bo natychmiast wyszła na korytarz i usłyszał, że kogoś woła.

– Sylwestrze, czy pomożesz temu panu się umyć? – zapytała jakiegoś mężczyznę ubranego na biało, który tamtędy przechodził.

– Oczywiście – odparł tamten grubym głosem.

„Panu…" – pomyślał kpiąco.

Spojrzał na nią. Był pewien, że sobie z niego żartowała, ale ona mówiła poważnie.

– Jak masz na imię? – spytała go naraz.

Otworzył usta i zamarł. Na moment przeraził się, że zapomniał swojego imienia. Potrząsnął głową, starając się skupić.

– Ariel – odparł.

– Ja jestem Blanka – powiedziała. – A to Sylwester – dodała, pokazując na mężczyznę. – On pomoże ci się umyć, a ja w tym czasie przyniosę ci jakieś czyste ubranie, dobrze?

Kiwnął głową. Blanka wyszła z łaźni, a wielki, tęgawy mężczyzna podszedł do niego chcąc pomóc mu się rozebrać. Ariel chciał to zrobić sam, ale szybko zdał sobie sprawę, że nie jest w stanie. Ręce tak mu się trzęsły, że nie potrafił nawet rozsznurować butów. Sylwester pomógł mu, a kiedy zobaczył swoje nagie ciało, przeraził się. Skóra powyżej brzucha była zrogowaciała i zrobiły się tam krwawe rany. Mężczyzna też musiał to zauważyć.

– Nieźle się urządziłeś – powiedział.

Ariel nie odpowiedział nic, tylko wszedł do kabiny i umył się pod gorącą, bieżącą wodą. Dopiero teraz poczuł, jak wszystko go boli, a niezasklepione rany pieką. Bolały naderwane mięśnie, obite boki i pokaleczona twarz. Swędział go brzuch, po którym bezwiednie się drapał.

Wyszedł z kabiny, a Sylwester podał mu ręcznik, w który się zawinął. W tej samej chwili do łaźni weszła Blanka. Podała mu ubrania, a on bez słowa wziął je od niej. Widział jej spojrzenie, ona też zauważyła skórę na jego brzuchu. Przycisnął do siebie złożone w kostkę ubrania, aby się nimi zasłonić. Ona nie powiedziała na to ani słowa i szybko wyszła.

– Pomóc ci? – spytał Sylwester, widząc jak on trzęsącymi się dłońmi nakłada na siebie niezdarnie ubranie.

– Nie, dam sobie radę – burknął.

Chciał zachować resztki godności, ale z trudem mu się to udawało. W końcu dał za wygraną, kiedy na siłę próbował wsadzić obie nogi do jednej nogawki. Czuł się jak pijany, jakby był czymś otumaniony. Sylwester sprawnie wciągnął na niego koszulkę i sweter, pomógł mu też założyć spodnie i zawiązał mu buty.

– No, teraz wyglądasz jak człowiek – stwierdził Sylwester dobrodusznie, otwierając przed nim drzwi łaźni. – Chcesz coś zjeść? Zaprowadzić cię na stołówkę?

– Taa... – mruknął tylko.

On pociągnął go za sobą. Po drodze mijali innych ludzi, wyglądających na pacjentów lub rezydentów tego ośrodka. Mieli na sobie takie same spodnie i koszule z szarego materiału, w który i jego ubrano.

Na stołówce przy czteroosobowych stolikach rozsianych po całej sali, siedziały pojedyncze osoby.

– Usiądź, a ja ci coś przyniosę – powiedział Sylwester.

Ariel zajął miejsce przy pustym stoliku, a już po chwili Sylwester zjawił się z powrotem z tacą ze śniadaniem.

– No to smacznego – powiedział, kładąc przed nim tacę, po czym odszedł.

On popatrzył na jedzenie. Wyglądało na prawdziwe, nie na syntetyki z automatów. Zabrał się do jedzenia, a im dłużej jadł, tym bardziej odczuwał jaki był głodny. Jego zamroczony umysł nieco się otrzeźwił. Popatrzył wokół, zastanawiając się, gdzie się znajduje i kim są ci ludzie, którzy mu pomogli.

Znajdował się w jakimś ośrodku dla biednych, co do tego nie miał wątpliwości, ale w jakiej części miasta, nie miał pojęcia. Zerknął przez okno. Ujrzał w oddali wieżowce i krążące wokół nich autoloty najwyższej generacji. Nie wyglądało to znajomo.

„To nie mogą być Płuca" - pomyślał zdumiony. „A więc Nerki...? Ale co ja robię w Nerkach? Przecież to kawał świata stąd..."

Ukrył twarz w dłoniach, starając sobie przypomnieć, jak się tu znalazł, ale w głowie miał czarną dziurę.

Otworzył swoją prawą dłoń i sprawdził swój status na identyfikatorze. Wyświetlił hologram. Miał poziom H, najniższy z możliwych, a jego status brzmiał: „Bezrobotny, bezużyteczny, sugerowana utylizacja". Przełknął ślinę.

– Czy wszystko dobrze? – odezwał się tuż obok niego znów ten przyjazny głos.

Natychmiast zamknął hologram.

– Tak... – mruknął, podnosząc wzrok.

Blanka stanęła obok niego i przyglądała mu się.

– Czy masz jakiś dom, do którego możesz się udać? – zapytała, siadając na wprost niego przy stoliku.

Pokręcił głową.

– A może masz tutaj jakichś bliskich, u których możesz się przenocować?

– Jesteśmy w Nerkach, prawda? – spytał ostrożnie.

– Tak.

– To nie mam – mruknął.

– A pamiętasz, jak tu trafiłeś? – zapytała.

– Nie.

– A czy wiesz, kim jesteś?

– Oczywiście – odparł, starając się, aby zabrzmiało to pewnie. – Jestem tu przejazdem, tymczasowo bez zajęcia.

– Aha... – mruknęła, bacznie mu się przyglądając. – Możesz na jakiś czas zatrzymać się tutaj, jednak potem musiałbyś podjąć się jakiejś pracy. Nasz ośrodek nie jest w stanie wyżywić wszystkich za darmo. Możemy przeznaczyć na ciebie pakiet stu punktów, abyś stanął na nogi, ale potem będziesz musiał sam zapracować na siebie.

– Nie ma sprawy – odparł, zastanawiając się ile serum zdoła sobie za to kupić. – Możecie od razu dać mi punkty i stąd odejdę.

Ona spoważniała.

– Myślę, że twój przypadek jest dość... szczególny i na ten czas tylko wesprzemy cię medycznie, a o punktach pomyślimy później, kiedy no... ustatkujesz się nieco – powiedziała.

– Co? Dlaczego? – burknął. – Przecież dobrze się czuję, nie musicie mnie leczyć, jestem zupełnie zdrowy – odparł.

Zobaczył zawahanie na jej twarzy.

– Nie do końca – powiedziała łagodnie. – Widziałam na twoim ciele ślady mutacji.

Wzruszył ramionami.

– To nic, przejdzie mi – odparł.

– Nie wydaje mi się, aby to było takie nic – powiedziała. – Posłuchaj, jeśli się zgodzisz, możemy podać ci leki, które spowolnią i zmniejszą stopień mutowania.

– Czyli serum? – podchwycił zaraz, pełen nadziei.

Pokręciła głową.

– Nie, nie serum.

– Nie serum? A co w takim razie?

– Lekarstwo zrobione na bazie naturalnych składników ziołowych – powiedziała. – Będziemy je podawać dożylnie poprzez kroplówkę. Taka terapia trwa kilka tygodni, więc jeśli zechcesz...

– Chcecie na mnie poeksperymentować? – przerwał jej. – Dzięki, ale wolę obejść się bez tego.

Wstał od stołu, ale zaraz poczuł jak zakręciło mu się w głowie. Przytrzymał się krawędzi, żeby nie upaść.

– Mogę cię zapewnić, że ten lek jest bardzo bezpieczny – powiedziała Blanka, pochodząc do niego. – On nie ingeruje w psychikę.

Spojrzał na nią z powątpiewaniem.

– Jego działanie może wpłynąć na organizm dwutorowo, bo albo znacznie polepszy jego kondycję, albo tylko odrobinę, w każdym razie...

– Myślę, że twój przypadek jest dość... szczególny...

– Albo mnie zabije – mruknął. – Daruj sobie, ślicznotko. Róbcie sobie eksperymenty na innych, a nie na mnie.

Ruszył przed siebie, chcąc udać się do wyjścia, ale szedł bardzo niepewnie. Serce mocno waliło mu w piersiach i miał wrażenie, że zaraz się przewróci.

Blanka zrównała się z nim.

– Wiem, że jesteś uzależniony od serum – powiedziała niespodziewanie. – Widać to po tobie, nie tylko po postępującej mutacji, ale i po twoim zachowaniu. W tym stanie zostało ci maksymalnie pół roku życia.

On stanął i spojrzał na nią zdumiony. Jej słowa zabrzmiały jak wyrok. Zapadło milczenie.
– Wiesz o tym, prawda? – spytała po chwili.
Nie, nie wiedział. Nie miał pojęcia, że jego stan był aż tak poważny. Nic nie odpowiedział.
– Nawet jeśli teraz poda ci się serum, może to przedłużyć twoje życie o dwa, góra trzy miesiące – mówiła dalej. – Natomiast ten lek... Próbowaliśmy go na innych pacjentach i zadziałał z sukcesem.
– Wyzdrowieli? – zapytał niepewnie.
– Tak, wszyscy.
Zawahał się.
– Posłuchaj, jeśli zgodzisz się pójść na tę terapię, dostaniesz sto punktów, które później będziesz mógł przeznaczyć na co tylko chcesz – powiedziała.
Perspektywa otrzymania za darmo punktów natychmiast mu to wszystko uprościła.
– Ile to będzie trwało? – zapytał.
Ona podniosła na niego wzrok.
– Około trzech miesięcy – odparła.
Skrzywił się.
– To długo... – mruknął.
Wzruszyła ramionami.
– Możesz w każdej chwili stąd odejść – zaczęła. – Ale wówczas nie dostaniesz punktów.
Zawahał się.
– A jeśli ta terapia zrobi ze mnie warzywo? – zapytał.
– To niemożliwe, ten lek jest bardzo bezpieczny – powiedziała. – On nie działa tak jak serum. To lekarstwo, nie narkotyk.
Ariel przyjrzał jej się uważnie.
– Nawet nie wiem, co wy jesteście za jedni...
– Jesteśmy osobami, które bezinteresownie pomagają potrzebującym – wyjaśniła.
– Bezinteresownie, akurat – prychnął. – Nikt na tym świecie nie jest bezinteresowny.
– My jesteśmy.
Uśmiechnął się krzywo.

– To musicie być jakimiś dziwakami – skwitował.
– Być może – powiedziała spokojnie.
Nie wyglądała na urażoną jego słowami i ironicznym tonem. To go zaintrygowało.
– Niech ci będzie – mruknął.
Ona podparła się pod boki.
– Nie robisz tego dla mnie, ale dla siebie – oświadczyła. – To twoja decyzja.
Spojrzał na nią. Ona w milczeniu patrzyła na niego. Lekka zmarszczka pojawiła się pomiędzy jej ciemnymi brwiami. Była równie łagodna, co zawzięta.
– Niech będzie – zgodził się.

✻✻✻

Blanka, razem z towarzyszącym jej młodym lekarzem, zaprowadziła go do sali medycznej, w której poddawano pacjentów lekkim zabiegom. Ariel pół leżał, a pół siedział na wyprofilowanym łóżku. W pokoju, który mógłby pomieścić około dziesięciu pacjentów, był tylko on, reszta łóżek stała pusta ze starannie złożoną pościelą.
Blanka zaczęła podpinać go do jakiegoś woreczka wypełnionego przezroczystym płynem.
– To nie będzie bolało – odezwała się. – Poczujesz tylko lekkie ukłucie.
Zobaczył, że wbija igłę w zgięcie jego przedramienia i podpina ją do długiej rurki połączonej z woreczkiem. Po chwili z woreczka zaczęła skapywać do rurki przezroczysta ciecz.
– Leż i odpoczywaj – powiedziała. – Lekarstwo tymczasem będzie powoli spływało do twojego krwioobiegu.
Pokiwał głową. Przez chwilę obserwował jak przezroczysta kropelka spada z woreczka do rurki, a po niej formuje się kolejna. Najpierw była maleńka, potem rosła, pęczniała, aż w końcu spadała i znikała w rurce, wlewając się do jego ciała. Patrzył na ten proces z jakimś otępieniem, jakby nic innego do niego nie docierało.

– Jak długo będę tak leżeć? – zapytał.
– Na początek tylko pół godziny – powiedziała. – Potem stopniowo będziemy wydłużać ten czas do około dwóch godzin, w zależności jak zareaguje twój organizm.

Tymczasem młody lekarz, który jej towarzyszył, sprawdzał jego pomiary na ekranie obok.

– Spójrz tylko – mruknął, pokazując jej dłonią na ekran. – Jakie ma wyniki...

Blanka zerknęła, ale nic nie powiedziała. Pokiwała głową. Wyglądała na poważną i zamyśloną. Ariel domyślił się, że jego wyniki nie były zbyt dobre.

– A jak mi to nie pomoże? – spytał naraz.

Spojrzała na niego.

– Pomoże – powiedziała stanowczo. – Potrzebujesz tylko więcej czasu.

– Nie czuję żadnej poprawy... – mruknął.

– Lek zacznie działać dopiero po około kilkunastu minutach – powiedziała. – Musisz uzbroić się w cierpliwość.

Nie powiedział nic więcej. Zobaczył jak Blanka bez słowa zaczyna sprzątać bandaże i inne przyrządy medyczne ze stolika obok jego łóżka. Obserwował ją, jak szybko wkłada odpadki medyczne i wyrzuca je do małego utylizatora wbudowanego w ścianę.

Lekarz tymczasem zmierzył jakimś przyrządem jego ciśnienie i znów coś sprawdził na ekranie. Pokręcił głową z niezadowoleniem, ale nie skomentował tego.

– Piotrze, myślę, że możemy teraz pójść na poziom zero do Honoraty i reszty kobiet – odezwała się do lekarza, kiedy skończyła sprzątać. – Trzeba im zmienić opatrunki.

– Oczywiście, szefowo, jak sobie tego życzysz – powiedział mężczyzna przesadnie ugrzecznionym, nieco żartobliwym tonem.

– Piotrze, przecież wiesz dobrze, że nie jestem tu żadną szefową – odparła zmęczonym tonem.

Zaczęli opuszczać salę. Ariel podążył za nimi spojrzeniem.

– Moja droga, jak to nie? Przecież to ty założyłaś ten ośrodek...

Usłyszał jej głośne westchnięcie, a potem zamknęli za sobą drzwi i ich głosy umilkły.

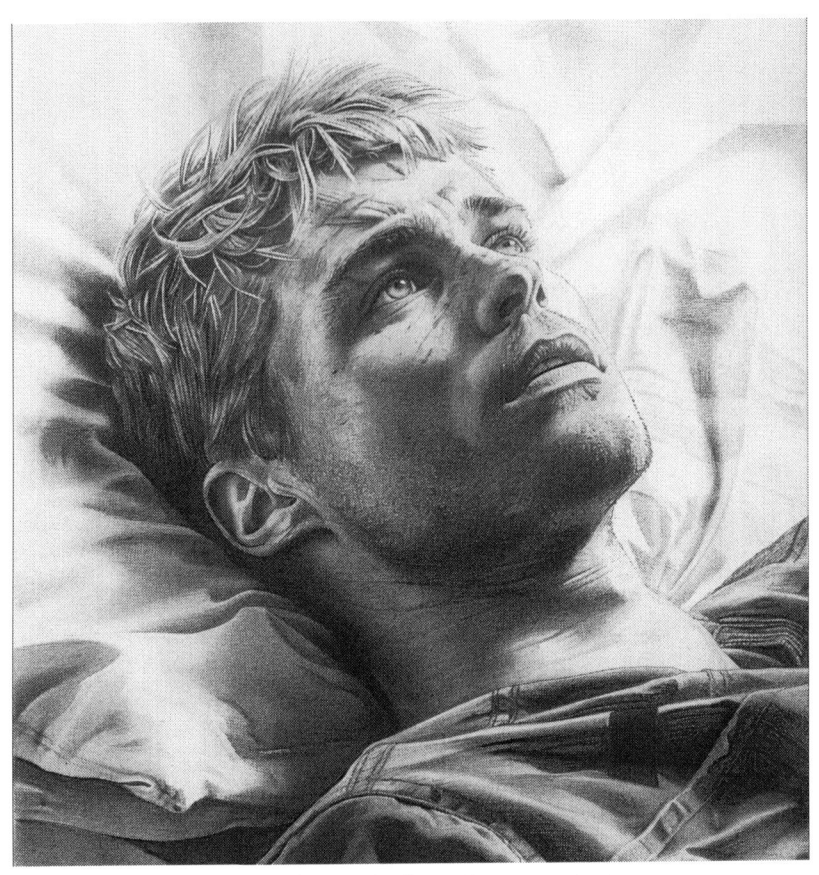

Powoli zaczął sobie coś przypominać...

    Ariel spojrzał znów na woreczek z przezroczystym płynem, z którego skapywały pojedyncze kropelki. Nie mając nic innego do roboty, zaczął je liczyć. Doliczył do około dwustu dwudziestu pięciu, gdy wtem zaczął coś odczuwać, jakąś zmianę w sobie. Podciągnął się na łóżku i usiadł prosto. Nie wiedział, co to było. Czuł się tak, jakby ktoś otworzył okno w jego głowie i wpuścił tam świeże powietrze.
    Powoli zaczął sobie coś przypominać. Z początku jakieś niewyraźne obrazy. Zobaczył obskurny pokój z kilkoma łóżkami,

zakryte okna i brudny fartuch mężczyzny, który nad nim stał. Słyszał cichy odgłos maszyny pompującej serum i jego służalczy ton:

„Szanowny panie, będzie pan zadowolony... Będzie pan bardzo zadowolony..."

A potem w swoim umyśle zobaczył jakąś kobietę. Zacisnął dłonie w pięści. Nie wiedzieć czemu, ale to wspomnienie napawało go wściekłością.

Drzwi skrzypnęły, a on odruchowo złapał się za pas szukając broni. To był instynkt, coś silniejszego od niego. Wymacał, ale zorientował się, że nie ma przy sobie żadnego pistoletu. Tymczasem w drzwiach stanęła Blanka. Musiała zauważyć wyraz zdumienia na jego twarzy, bo przystanęła raptownie.

– Czy... wszystko dobrze? – zapytała niepewnie.

On powoli cofnął rękę.

– Tak...

Ona nadal stała w progu, zerkając na niego ostrożnie.

– I jak się czujesz? – zapytała. – Czy odczuwasz jakąś poprawę?

– Niezbyt... – skłamał szybko.

– Och...

Wyglądała na nieco zawiedzioną.

– No cóż, nie wszyscy reagują tak samo.

Podeszła do niego i sprawdziła coś na woreczku z płynem. Widział, że kątem oka zerka na jego dłoń, tę, którą złapał się za pas. Teraz spoczywała na jego kolanie. Nic nie powiedziała.

– Już się skończyło – oznajmiła, odpinając rurkę od woreczka. – Na dziś wystarczy. Jutro znowu cię podepniemy. Będziemy to robić codziennie przez trzy miesiące.

Zgodził się skinieniem głowy.

– Dobrze, w takim razie jeśli masz wystarczająco dużo siły, odprowadzę cię do twojego pokoju – powiedziała. – Chyba, że wolisz, żebym cię zawiozła na wózku – dodała, wskazując na elektryczny wózek stojący w rogu.

Ariel skrzywił się.

– Sam pójdę.

Blanka odpięła przezroczystą rurkę z jego dłoni i zasklepiła rankę opatrunkiem. Ariel spuścił nogi na ziemię i powoli wstał, pamiętając o poprzednich zawrotach głowy. Nadal czuł się bardzo słabo, ale nie pokazywał tego po sobie. Zaczął iść razem z Blanką, powoli przemierzając długi korytarz. W połowie drogi zaczął dyszeć i oblał go zimny pot.

– Może zrobimy przerwę? – zapytała Blanka, widząc, w jakim on jest stanie.

– Nie, nic mi nie jest, chodźmy – mruknął.

Szli więc dalej, a ona delikatnie prowadziła go do pokoju trzymając go pod ramię. Mijali po drodze innych pacjentów, mniej lub bardziej sprawnych. Niektórzy snuli się po korytarzu z rurką doczepioną do ręki, prowadząc za sobą woreczek z płynem na stojaku. Inni, głównie ci w podeszłym wieku, siedzieli na ruchomych fotelach lub leżeli w łóżkach. Patrzyli na ich dwójkę z zaciekawieniem.

Wreszcie doszli do pokoiku. Było to maleńkie pomieszczenie z wąskim łóżkiem, jedną szafką i niewielkim oknem. Nic więcej tam się nie zmieściło. Wszystko wyglądało na schludne i czyste, skromne, ale wystarczające.

– Tu masz czystą bieliznę, środki czystości, ręczniki – powiedziała Blanka, otwierając szafkę.

On popatrzył bez zainteresowania. Podszedł do okna. Jego pokój znajdował się na pierwszym piętrze i rozlegał się stąd widok na zadbane podwórko z przyciętymi krzewami. Jesienne, brunatne liście spadały z gałęzi przy każdym silniejszym podmuchu wiatru i wyściełały trawnik jak dywan.

Dotknął dłonią szyby. Czuł się dziwnie wyobcowany, jakby nie pasujący do tej rzeczywistości. Jakby coś odgradzało go od świata i od reszty ludzi.

– Ariel? – usłyszał jej głos jak z oddali.

Zrozumiał, że mówiła coś do niego wcześniej, a on dopiero za którymś razem to usłyszał.

– Co...? – spytał, powoli obracając się do niej.

– Wszystko dobrze? – zapytała. – Może chcesz się położyć?

– Może... – odparł nieprzytomnie.

Usiadł na łóżku i oparł dłonie o kolana. Siedział tak ze wzrokiem wbitym w podłogę.

– Może się czegoś napijesz? – zapytała.

– Chyba... mi niedobrze – powiedział po chwili.
– Och, to tak może być przez pierwsze dni – powiedziała. – Twój organizm musi się przyzwyczaić do braku serum i kuracji lekowej.

Sięgnęła po coś do szafki.

– Zostawię ci tutaj miskę, na wypadek gdybyś musiał, no wiesz... – powiedziała, stawiając plastikową miskę przy jego łóżku.

On tylko kiwnął głową. Położył się na wznak i popatrzył w sufit. Wciąż kręciło mu się w głowie. Blanka jeszcze przez chwilę krzątała się po jego pokoju, wyjmując na nocną szafkę jakieś medykamenty i opatrunki.

– Gdybyś czegoś potrzebował, tu nad łóżkiem masz taki przycisk – powiedziała, pokazując mu nad wezgłowiem.

– Sygnał od razu przywoła kogoś z personelu – dodała, prostując się. – Staramy się odpowiadać najszybciej jak możemy, ale czasem, gdy mamy dużo pacjentów, nie jesteśmy w stanie dotrzeć do wszystkich od razu.

Pokiwał głową.

– Odpoczywaj, twój organizm jest wycieńczony. Piotr przeanalizował twoje wyniki krwi. Wszystko jest sporo poniżej normy...

Spojrzała na niego poważnie, a on tylko wzruszył ramionami.

– Tak więc resztę dnia masz wolne – oznajmiła.

Zrobiła taki ruch, jakby chciała się wycofać z pokoju, gdy wtem zapytał ją:

– Naprawdę to ty sama założyłaś ten ośrodek?

Zatrzymała się przy drzwiach.

– Tak wyszło – powiedziała, spuszczając skromnie oczy.

– Skąd miałaś na to wszystko środki? – zdziwił się. – Cały ten dom i wyposażenie musiało cię kosztować chyba fortunę.

Ona podniosła głowę, a twarz zaraz jej się wypogodziła.

– Pewna bardzo dobra i szlachetna osoba mnie wspomogła, rzekłabym nawet, że... uratowała mnie – powiedziała tajemniczo. – A po niej pojawili się inni, którzy wspierali mnie finansowo. Moi aniołowie, tak ich nazywam.

– Aniołowie... – powtórzył.

To słowo przypomniało mu ciąg imion, które znał od najwcześniejszych lat.

– Mikael, Gabriel, Rafael, Uriel i... – szepnął.

– Co mówiłeś? – zapytała, nachylając się nad nim.

– Nic – uciął. – Musiałaś mieć niezły dar przekonywania, skoro bogacze tak po prostu dawali ci datki na ten ośrodek – stwierdził.

Blanka szybko potrząsnęła głową.

– Och, nie, nie mam żadnego daru przekonywania – odparła. – Wszystko, co tu mamy, dostałam za darmo, zupełnie niezasłużenie.

– Niezasłużenie? – zdziwił się. – Na pewno musiałaś czymś zasłużyć na taką hojność. Ja bym trzy razy się zastanowił, gdybym chciał oddać część swoich punktów na jakiś tam ośrodek dla biednych. I na pewno dobrze bym się przyjrzał osobie, która go prowadzi...

To powiedziawszy, obrzucił ją spojrzeniem od góry do dołu. Jej zgrabna figura ukryta była pod luźnym swetrem i ładną spódnicą do kolan. Wyglądała zwyczajnie, a jednak miała w sobie subtelną elegancję. Blanka skrzyżowała ramiona na piersi i zmarszczyła brwi.

– Na szczęście moi darczyńcy nie przyglądali mi się *aż tak* uważnie – powiedziała znacząco, widząc jego spojrzenie.

Ariel spuścił wzrok.

– Teraz cię zostawiam, mam jeszcze innych pacjentów, którym muszę pomóc – powiedziała chłodniejszym tonem i wyszła, zostawiając go samego.

ROZDZIAŁ II

Pierwsze trzy dni ciężko znosił terapię. Bez przerwy wymiotował, leżał w łóżku i nie miał siły na nic. Skóra na brzuchu i piersi paliła go, otwierały mu się jakieś stare rany, a przy tym pocił się tak, że po godzinie miał mokrą koszulkę. Co jakiś czas przychodziła do niego Blanka lub inna pielęgniarka i podawały mu zastrzyki. Dostawał też kroplówkę z lekarstwem, ale po niej było mu tylko gorzej.

– Mówiłaś, że będę się czuł lepiej... – wydyszał, kiedy czwartego dnia z rzędu zjawiła się u niego Blanka, podpinając przezroczystą rurkę do jego ramienia. – A ja czuję się tak, jakbym miał się zaraz przekręcić...

– Na początku tak jest – powiedziała uspokajającym tonem. – Wychodzą z ciebie toksyny, które wstrzykiwałeś w siebie przez te wszystkie lata...

– Toksyny! – prychnął. – To mnie trzymało przy życiu!

– To cię niszczyło – odparła. – Wlewałeś w siebie truciznę i teraz są tego efekty.

Zmarszczył brwi. Nie spodobał mu się ten jej przemądrzały ton.

– Ten twój lek w ogóle nie pomaga – burknął. – Sama zobacz, co się ze mną dzieje! – dodał, podwijając koszulę.

Pokazał jej zrogowaciałą skórę, pełną krwawych strupów i ran. Ona spojrzała na niego z mieszaniną smutku, współczucia i przerażenia na twarzy.

– Mówiłam ci, żebyś tego nie drapał – powiedziała z lekkim wyrzutem.

– Nie mogę już tego wytrzymać! – warknął. – Nie mogę! To mnie pali od środka! Rozrywa mi wnętrzności...!

Stęknął i złapał się za pierś, chcąc znów się drapać, ale ona natychmiast chwyciła go za ramię, powstrzymując go.

– Nie – powiedziała stanowczo. – Przestań. Poczekaj, zaraz posmaruję cię maścią, tylko nie drap tego.

Popatrzył jej prosto w oczy.

– Mówiłaś, że będę się czuł lepiej...

– Co wy mi robicie? – syknął. – Co to są za eksperymenty? Ja się na coś takiego nie pisałem! Powiedziałaś, że wyzdrowieję, a ten wasz parszywy lek tylko mi zaszkodził! Rezygnuję! Chcę moje sto punktów od razu! Teraz! Dajcie mi je! – wołał, coraz bardziej podnosząc głos.

Blanka nie reagowała na jego słowa, nawet na niego nie spojrzała, tylko odwróciła się do niego plecami i zaczęła grzebać w jakiejś szafce. To jeszcze bardziej go zirytowało.

– Słyszałaś, co do ciebie powiedziałem?! – ryknął na nią. – Rezygnuję!

Ona obróciła się i zobaczył, że wyciska jakąś przezroczystą maść na swoją dłoń. Bez słowa podciągnęła mu koszulkę i przyłożyła rękę do jego brzucha. Poczuł chłodny, kojący dotyk, który natychmiast ugasił palenie. Wstrzymał oddech i znieruchomiał. Maść, jak płynny lód, stopniowo zmniejszała pieczenie i swędzenie. Blanka rozsmarowywała ją delikatnie po całym jego ciele, od brzucha do klatki piersiowej. Obserwował ją, z jakim spokojem i starannością to robiła. Nie powiedziała przy tym ani słowa. Nie dała się sprowokować. Musiał przyznać, że zaimponowała mu tym.

Powoli wypuścił powietrze z płuc. Ona podniosła na niego oczy. Na jej twarzy nie można było dostrzec ani śladu wyrzutu, czy nagany, a mimo to czuł, jak pod naporem jej spojrzenia zaczyna mięknąć od środka.

– Nie taka była nasza umowa, pamiętasz? – powiedziała łagodnie, ale stanowczo. – Najpierw musisz odczekać aż ci się poprawi, a dopiero potem dostaniesz swoje punkty.

Mówiła i jednocześnie dokładnie rozsmarowywała maść na jego ciele. Jej delikatny dotyk zaczynał na niego działać. Ariel przyglądał jej się z coraz większym zainteresowaniem.

– Na razie minęły dopiero cztery dni odkąd zacząłeś brać lek, to nie działa od razu – powiedziała. – Twój organizm jest bardzo zniszczony przez toksyny, serum i mutacje. Całkowity proces ozdrowieńczy może potrwać do trzech miesięcy, jak nie dłużej.

Naraz przerwała smarowanie i dotknęła palcem miejsca na jego brzuchu. On podążył za nią spojrzeniem. Wskazywała na jakąś bliznę.

– Na twoim ciele jest wiele ran – powiedziała. – Niektóre, tak jak ta, wyglądają jak ślad po kuli… – dodała ciszej.

Podniosła na niego wzrok. Wiedział, o co chciała go zapytać. Ariel przełknął ślinę.

– Czy przypomniałeś już sobie, kim byłeś, zanim tu trafiłeś i czym się wcześniej zajmowałeś?

– Nie – powiedział. – Niewiele…

Patrzyła mu prosto w oczy, tak jakby chciała wydobyć z niego skrywaną tam prawdę, ale on nie miał nic do ukrycia. Nadal nie pamiętał kim wcześniej był, choć miał już pewne przypuszczenia.

– Boisz się, że jestem strażnikiem? – zapytał ją wprost.
– Nie boję się strażników – odparła z powagą.
Uniósł brwi.
– Nie boisz się strażników?
– Nie.
– A gdybym był jednym z nich? – zapytał.
– A jesteś?
Przyjrzał się jej uważnie.
– Nie wiem, może…? – odparł. – A jeśli tak, to co?
Cofnęła rękę, która spoczywała na jego piersi. Ciepło jej dłoni, które jeszcze przed chwilą go rozgrzewało, zniknęło. Blanka obciągnęła jego koszulkę, zakrywając go i poszła umyć ręce do zlewu. Milczała długo.
– W naszym ośrodku zajmujemy się wszystkimi potrzebującymi – powiedziała, wycierając dłonie w ściereczkę. – Obojętnie, jaka była ich przeszłość.
Ariel patrzył na nią w milczeniu.
– Poza tym, jakie to ma znaczenie? – spytała, spoglądając na niego.
Wzruszył ramionami.
– Zresztą, chyba nie zastrzeliłbyś mnie za to, że cię leczę, co? – dodała nieco uszczypliwie.
– To zależy co rozumiesz pod pojęciem leczenie – mruknął. – Masz na myśli te eksperymenty medyczne z dziwnym lekarstwem, po którym czuję, jakbym umierał?
Nie odpowiedziała.
– A nawet gdybym chciał cię zastrzelić, to nie mam czym – dodał, uśmiechając się lekko.
– A gdybyś miał? – zapytała.
Podniósł głowę, aby lepiej ją widzieć.
– To bym się zastanowił… – powiedział cicho, pół żartem, obserwując jej reakcję.
Był pewien, że się przestraszy, ucieknie albo krzyknie na niego, ale ona tylko uśmiechnęła się lekko. Dostrzegł w jej oczach subtelny, tajemniczy błysk. Zastanawiał się, co on może oznaczać.

– Wiktoria przyjdzie do ciebie po południu i przyniesie ci posiłek – powiedziała naraz zupełnie innym tonem, poważnym i oficjalnym.

– Dlaczego nie ty? – zapytał.

Blanka podniosła na niego wzrok.

– Ja będę zajęta – odparła.

– Co będziesz robić?

– Mam jeszcze innych pacjentów oprócz ciebie – powiedziała. – Jestem dość zajęta – dodała.

Sprzątnęła medykamenty na tacę i uporządkowała stolik przy jego łóżku. Ariel patrzył na nią w milczeniu. Ona podeszła do drzwi i obrzuciła go wzrokiem.

– Postaraj się zasnąć, sen doda ci sił – powiedziała tylko, po czym wyszła, zamykając za sobą drzwi.

✶✶✶

Obudził się w środku nocy, zlany potem. Pierś go paliła i z trudem mógł złapać oddech.

– Hej, jest tu ktoś…? – zawołał słabo.

Gardło miał zupełnie wysuszone. Rozejrzał się bezradnie za czymś do picia, ale dostrzegł jedynie zlew z kranikiem. Podciągnął się na łóżku, ale był zbyt słaby, aby wstać i nalać sobie wody.

– Jest tu ktoś? Potrzebuję się napić…!

Serce dudniło mu w piersiach, a w głowie mu się kręciło.

– Ktokolwiek…?

Chciał wstać, aby napić się wody z kranu, ale w tej samej chwili ktoś wszedł do jego pokoju. To była kobieta. Natychmiast rozpoznał jej krwistoczerwone włosy.

– A ty co tu robisz, ty suko? – warknął na nią.

Ona oparła się o framugę i uśmiechnęła się cynicznie. Zacisnął dłonie w pięści.

– Będziesz tu tak stała i się na mnie gapiła?

Kobieta oparła jedną dłoń na biodrze. W drugiej ręce miała strzykawkę. Pomachała mu nią przed oczami.

– To cię uspokoi…

– Przyszłaś znowu się nade mną znęcać?
Ona zaśmiała się krótko, odchylając do tyłu głowę.
– Znęcać? – prychnęła. – A ty znowu swoje…
Zbliżyła się do niego powoli z wyciągniętą strzykawką.
– Mówiłam ci, że to tylko lekarstwo – powiedziała przymilnie. – To cię uspokoi…
– Już ja znam te twoje lekarstwa – wydyszał. – Wynoś się stąd i zostaw mnie w spokoju!
Ale ona nic sobie z tego nie robiła. Nachyliła się nad nim. Podniósł na nią wzrok. Czuł się słaby, jakby sama jej obecność wy-

sysała z niego wszystkie siły. Próbował odtrącić jej rękę, która niebezpiecznie zbliżyła się do jego szyi, ale ramiona miał jak z ołowiu.

– Wynoś się! – zawołał. – Wynoś się stąd i zostaw mnie w spokoju, ty wiedźmo...!

Kobieta nic sobie nie robiła z jego krzyków. Błyskawicznie wbiła igłę się w jego szyję. Poczuł jakby ukąszenie owada, a po tym natychmiast przeszyły go lodowate dreszcze.

– Ty...! Ty...! – wysapał. – Jeszcze cię dorwę w swoje ręce, zobaczysz...!

Zaczął się trząść. Ona patrzyła na niego z góry bez cienia litości. Uśmiechała się, widząc jak bezradnie miota się w pościeli. Wstrząsy, które nim targały były tak gwałtowne, że zaczął dygotać wraz z łóżkiem. W końcu przeważyło go i runął na podłogę.

✶✶✶

– Co tu się dzieje? Co to za hałasy? – usłyszał czyjś podniesiony głos.

Ariel nie wiedział, co się dzieje i dlaczego leży na podłodze.

– B-byłam na nocnym obchodzie, jak zawsze, i tylko przyszłam sprawdzić, czy wszystko d-dobrze... – mówiła płaczliwie jakaś kobieta. – Usłyszałam, że ktoś woła o pomoc, więc weszłam a on... on...

Ariel podniósł głowę i zobaczył nad sobą Blankę, Sylwestra i jakąś młodą pielęgniarkę, która w urywanych zdaniach opowiadała coś Blance.

– A on zaczął na mnie krzyczeć i mnie wyzywać, a kiedy podeszłam bliżej, t-to on rzucił się na mnie, a potem... Och, sama nie wiem, co mu było... Dostał drgawek, to było straszne... A ja uciekłam i...

– Już dobrze, Taro, spokojnie – powiedziała Blanka, głaszcząc ją po plecach.

– Czy mam go unieszkodliwić? – zapytał tubalnym głosem Sylwester. – Może wsadzić go do izolatki? Tak na wszelki wypadek...

Blanka spojrzała na niego krótko, po czym przeniosła wzrok na Ariela. Uklękła obok niego na podłodze.

– Czy możesz mi wyjaśnić, co to wszystko ma znaczyć? – zapytała twardym, rzeczowym tonem.

– Dlaczego leżę na podłodze? – spytał zamiast odpowiedzieć.

– Ty mi powiedz – odparła.

Ariel usiadł prosto.

– Dlaczego przestraszyłeś Tarę? – zapytała Blanka.

– Kogo?

Pokazała na pielęgniarkę.

– Była tu u ciebie godzinę temu.

Ariel zerknął na zapłakaną kobietę stojącą obok Blanki. Miała mysie włosy w kolorze popiołu, bladą cerę i przestraszony wzrok.

– Pierwszy raz widzę ją na oczy – stwierdził.

– Skoro nie potrzebowałeś pomocy, wystarczyło ją odprawić, zamiast wyzywać ją w niecenzuralnych słowach.

Ariel zamrugał zaskoczony.

– Nikogo nie wyzywałem – powiedział. – Nie mam pojęcia o co ci chodzi i skąd to całe zamieszanie…

Blanka zmrużyła oczy.

– Żartujesz sobie ze mnie?

Spojrzał na nią poważnie.

– Nie, dlaczego miałbym z ciebie żartować?

Blanka wyglądała na skonsternowaną. Wyprostowała się i spojrzała na pielęgniarkę.

– Być może miał jakiś koszmar i nieświadomie wziął cię za senne widziadło – powiedziała.

– Koszmar? On był w pełni przytomny! – zawołała pielęgniarka. – Jego oczy były otwarte, a źrenice rozszerzone, jak u najgorszych ćpunów!

Ariel drgnął na te słowa.

– Powinniście go zamknąć w izolatce! Albo najlepiej wyrzucić stąd na zbity pysk! – zawołała pielęgniarka. – On jest niebezpieczny! On może…!

– Taro, wystarczy – powiedziała Blanka, kładąc jej dłoń na ramieniu. – Myślę, że powinnaś teraz odpocząć. Poślij Wiktorię, aby cię zmieniła, a ty się połóż.

Kobieta obejrzała się niepewnie na Ariela, po czym w pośpiechu opuściła jego pokój.

– Blanko? – spytał cicho Sylwester. – Czy...?

Blanka zignorowała go.

– Czy możesz sam wstać? – spytała zamiast tego Ariela.

On podniósł się od razu. W głowie trochę mu się kręciło, ale oprócz tego nic mu nie dolegało. Blanka stanęła na wprost niego.

– Miałeś zły sen, prawda? – zapytała go, przyglądając mu się uważnie. – To dlatego tak krzyczałeś?

– Nie miałem żadnego złego snu – odparł. – Obudziłem się na podłodze, to wszystko, co pamiętam.

– To dlaczego Tara mówiła co innego?

– Nie wiem dlaczego, zapytaj jej, a nie mnie – odparł mrukliwie. – Ja na nikogo nie krzyczałem.

Blanka nie wyglądała na przekonaną.

– Ale jak mam tu sprawiać wam problemy, to równie dobrze mogę stąd odejść i to jeszcze dziś – dodał.

– Myślę, że na ten moment obejdzie się bez tego – powiedziała. – Pokaż mi się.

Podeszła do niego i wzięła jakiś niewielki przyrząd. Była to maleńka latarka.

– Patrz na mnie – poleciła.

On spojrzał na nią, a ona zaświeciła mu w oczy.

– Otwórz usta.

Zrobił, jak mu kazała. Blanka zajrzała mu go gardła, świecąc latarką, potem dotknęła jego szyi, jeszcze raz przyjrzała się jego oczom, po czym schowała latarkę.

– Połóż się do łóżka – powiedziała, szukając czegoś w szufladzie jego stolika.

Ariel położył się. Ona wyciągnęła jakąś jednorazową strzykawkę i nabiła na nią przezroczysty płyn z buteleczki.

– Co to? – spytał.

Podeszła do niego i nachyliła się.

– Lek na uspokojenie – powiedziała. – Łagodny. Po nim zaśniesz.

Zobaczył igłę tuż przy swojej szyi. Spojrzał jej prosto w oczy.

– Albo już się nigdy nie obudzę – powiedział.

Blanka na chwilę zatrzymała na nim wzrok.

– Spokojnie...

Poczuł maleńkie ukłucie, nie większe niż ukąszenie owada i naraz jego ciało zaczęło wiotczeć. Powieki zaczęły mu ciążyć. Ostatnie co zobaczył to jej poważna, zatroskana twarz nachylająca się nad nim.

✷✷✷

Obudził się koło południa, otumaniony, z głową ciężką, jakby nabrzmiałą od zmęczenia. Podniósł się z łóżka, stanął przed umywalką i popatrzył na swoje odbicie w lustrze. Miał twarz w kolorze szarego papieru ściernego i taka sama była w dotyku. Krótkie, bardzo jasne włosy sterczały mu we wszystkie strony. Podrapał się po szorstkim policzku. Oczy miał podkrążone, a niegdyś błękitne tęczówki zmętniały.

Umył twarz i przetarł dokładnie oczy, chcąc przywrócić im dawny blask, ale na próżno. Nadal wyglądał jak mizerny cień samego siebie. Podciągnął koszulkę i popatrzył na swój odrapany brzuch i pierś. Poszukał tej maści, która zostawiła mu Blanka, ale był tak skołowany, że nie potrafił jej znaleźć. Może zabrała ją ze sobą? Nie pamiętał.

Ubrał się i wtem spostrzegł, że ktoś zostawił mu śniadanie na szafce nocnej. Były to kanapki, a obok stał kubek z jakimś napojem. Upił trochę. Napój już wystygł. Usiadł i zjadł, to co mu zostawiono, myśląc o tym wszystkim, co go spotkało. Próbował sięgnąć pamięcią do chwili zanim trafił na ulicę, ale nadal niczego nie pamiętał. Zupełnie, jakby ktoś wymazał mu pamięć. Przypominał sobie za to poszczególne momenty ze swojego życia, jakieś pojedyncze sceny z dzieciństwa, ale nie potrafił znaleźć logicznego związku z tym, że skończył jako bezdomny.

Kiedy zjadł, podniósł się ze swojego łóżka i postanowił się przejść po ośrodku. Miał już na tyle sił, że mógł chodzić swobodnie bez zadyszki. Zaczął krążyć po korytarzach, zaglądając do wspólnych sal, w których przebywali inni pacjenci. Widział pielęgniarki ubrane na biało, które uwijały się przy chorych. Mimowolnie wypatrywał wśród nich Blanki, ale nigdzie jej nie widział. Spostrzegł za to, że pielęgniarki unikają go. Niektóre szeptały coś do siebie pospiesznie, po czym odwracały od niego wzrok.

Zszedł na parter. W osobnym kantorku dostrzegł rozchichotane sprzątaczki, które popijając z kubków syntetyczną kawę, plotkowały o bieżących sprawach. Na jego widok natychmiast spoważniały. Ariel wyminął je, nie patrząc w ich stronę.

W korytarzu natknął się na Piotra, młodego lekarza, który wraz z inną pielęgniarką omawiali jakiś wyjątkowo ciężki przypadek chorego. Wyglądali na bardzo zaaferowanych. Na jego widok Piotr obrzucił go krótkim spojrzeniem.

– A ty? Co ty tu robisz? – ofuknął go.

– Spaceruję – mruknął.

– Nie można sobie tu tak po prostu spacerować, a na pewno nie ktoś w twoim stanie – Piotr odparł kategorycznie. – Nie powinieneś być teraz na kolejnej dawce leku?

– Nie – burknął Ariel.

Piotr zmarszczył brwi.

– Słyszałem, co wyprawiałeś w nocy. Przestraszyłeś Tarę tak, że biedaczka postanowiła zrezygnować z nocnych dyżurów. Moim zdaniem powinno się ciebie zamknąć w izolatce, ale Blanka uważa, że należy dać ci jeszcze jedną szansę – powiedział. – Cóż, w końcu to jej ośrodek i ona decyduje o tym kogo przyjmuje, a kogo stąd wyrzuca, choć ja na jej miejscu już dawno bym się ciebie pozbył.

Ariel popatrzył na niego spode łba.

– Ja się nie prosiłem, żeby tu być – powiedział.

Piotr uśmiechnął się do niego krzywo.

- 31 -

Nie rozumiał tego, co się z nim dzieje...

– Więc tym łatwiej będzie ci stąd odejść – odparł lekarz zgryźliwie.

Towarzysząca mu pielęgniarka uśmiechnęła się na te słowa. Ariel spochmurniał.

– A więc na czym to stanęliśmy...? – Piotr zwrócił się do pielęgniarki, odwracając się do niego tyłem i w ten sposób kończąc z nim rozmowę

Ariel zawrócił pospiesznie i z zaciętym wyrazem twarzy, udał się w stronę wyjścia.

Zatrzymał się na końcu korytarza przy sali rekreacyjnej, bo naraz zrobiło mu się słabo. Zdał sobie sprawę, że tak naprawdę nie ma dokąd pójść, a w tym stanie nie przeżyje długo na ulicy.

Stanął w progu sali i oparł się o framugę, łapiąc oddech. Popatrzył wokół. Przy stolikach do gier planszowych siedziało paru staruszków. W milczeniu przesuwali figurki na czarno-białej tablicy. Wyglądali na całkowicie pochłoniętych tą czynnością. W drugim końcu sali na fotelach usadowiło się kilku pacjentów, głównie w podeszłym wieku. Z dużego ekranu oglądali dokument o chrześcijańskiej królowej i jej świcie. Nie wszyscy jednak wyglądali na zainteresowanych. Niektórzy spali na siedząco, inni rozmawiali cicho między sobą. Ariel popatrzył chwilę na ekran, ale historia rodziny królewskiej niespecjalnie go interesowała. W dodatku, na widok twarzy królowej, poczuł się dziwnie poirytowany.

– Co jest, chłopcze, szukasz kogoś? – zagadnął go jakiś starzec.

W żylastej dłoni trzymał przezroczysty pojemnik i popijał z niego jakiś napój przez słomkę.

– Chcesz się do nas przyłączyć? – spytał. – Jest jeszcze sporo miejsca.

Ariel spojrzał na ekran. Twarz chrześcijańskiej królowej coraz bardzo go drażniła. Miał wrażenie, że przypomina mu o czymś nieprzyjemnym. Pokręcił głową.

– Niekoniecznie – odparł wymijająco.

Poszedł przed siebie, nie patrząc nawet dokąd idzie. Skręcił w boczny, mało uczęszczany zaułek i otworzył pierwsze lepsze drzwi. Znalazł się w schowku na środki czystości. W środku było ciemno i pachniało chemikaliami. Zamknął się tam i wziął kilka głębszych oddechów. Nie rozumiał tego, co się z nim dzieje.

✷✷✷

– Na dziś skończone.

Blanka odłączyła go od aparatury, a on odetchnął głęboko.

– I jak się czujesz? – spytała,

– Pierwszy raz obyło się bez mdłości – stwierdził, podciągając się nieco na łóżku.

Ona nachyliła się nad nim i przyjrzała się jego twarzy.

– Wyglądasz już nieco lepiej.

Wzruszył ramionami.

– Pewnie tak samo – mruknął.

– Ale mam wrażenie, że dziś jest już jakaś poprawa – powiedziała. – Dobrze sypiasz?

Zerknęła na niego. Wiedział, co miała na myśli. Od tamtego incydentu z pielęgniarką minęło parę tygodni i przez ten czas nic podobnego się nie wydarzyło. Jednak tamtej kobiety już ani razu nie spotkał na swoim piętrze.

– Dość dobrze – odparł.

– A jak twoja skóra? Mogę zobaczyć?

Ariel natychmiast podwinął koszulkę. Drgnął, kiedy Blanka delikatnie dotknęła palcami jego piersi.

– Nadal bardzo poraniona… – stwierdziła, patrząc uważnie. – Ale wydaje się odrobinę miększa. Czujesz różnicę? – spytała.

Pokręcił głową.

– Swędzi tak samo – powiedział.

– A czy pali cię tak jak przedtem? – dopytywała.

Wzruszył ramionami.

– Może mniej, nie wiem… – mruknął.

– Pamiętaj o tej maści, stosuj ją codziennie przed snem, ona złagodzi podrażnienia – powiedziała, sięgając do szafki i wyjmując jakieś pudełko. – Posmaruj się wieczorem, najlepiej tuż po kąpieli.

Nałożyła trochę na palce i posmarowała jego pierś i brzuch. Ariel patrzył na nią w milczeniu.

– Wieczorem otrzymasz kolejną dawkę – powiedziała.

Podniosła się i odłożyła pudełko z maścią do szuflady. Zaczęła myć ręce w umywalce.

– Blanko.

Ona zatrzymała się z dłońmi opartymi o zlew.

– Tak?

– Posłuchaj… – zaczął niepewnie. – Chyba zaczynam sobie coś przypominać. Coś więcej z przeszłości.

- Och...
Otarła ręce i zbliżyła się do niego.
- A co takiego?
Słyszał niepewność w jej głosie.
- Jakieś twarze... - bąknął. - Musiałem mieć dom i rodziców, a także rodzeństwo, bo pamiętam jakichś chłopców, z którymi się bawiłem. To wszystko jest takie odległe, jak za mgłą, ale jednocześnie wydaje się być bliskie i znajome...
Blanka usiadła na skraju jego łóżka, przyglądając mu się uważnie.
- Mieszkaliśmy blisko morza, na plaży, w małym drewnianym domu - mówił dalej. - Chyba było nas tam dużo, bo zawsze spałem z kimś w pokoju. Mam w głowie jakieś budynki z Płuc, dziecięcą uczelnię, szkołę oficerską...
Spojrzał na nią.
- A więc tak jak przypuszczałem, byłem strażnikiem - stwierdził.
Pokiwała głową, tak jakby wcale jej to nie zdziwiło.
- Domyśliłaś się, prawda? - spytał.
- To nie było zbyt trudne - powiedziała. - Czy pamiętasz coś jeszcze? Coś z bliższej przeszłości? - zapytała. - Na przykład to jak tu trafiłeś?
- Nie... To wszystko.
Blanka popatrzyła na niego przez chwilę.
- Myślę, że w miarę jak będziesz przyjmował lek, twoja pamięć zacznie wracać - stwierdziła. - Być może mutacje uszkodziły twój ośrodek pamięci, dlatego nie możesz sobie wszystkiego od razu przypomnieć, ale z czasem ten proces da się odwrócić.
Ariel uśmiechnął się kącikiem ust.
- A jeśli przypomnę sobie coś... niemiłego? - zapytał, trochę prowokacyjnie, sprawdzając jej reakcję. - Coś, o czym wolałbym zapomnieć? Może w przeszłości zrobiłem coś strasznego?
Ona patrzyła na niego poważnie, a na jej twarzy nie było ani śladu zmieszania.

– Będziesz musiał jakoś się z tym uporać – powiedziała. – Nie ty pierwszy i nie ty ostatni masz coś na sumieniu, o czym wolałbyś zapomnieć.

– A ty? – zapytał. – Ty też masz coś na sumieniu, o czym chciałabyś zapomnieć?

– Każdy ma.

– Ale ja pytam o ciebie, a nie o każdego.

Blanka wstała. Spojrzała na niego z góry. Zrozumiał, że przekroczył jakąś niewidzialną granicę.

– To nie musi cię interesować – odparła chłodno.

On przyglądał jej się z uwagą.

– A jednak mnie interesuje.

Blanka zebrała medykamenty na tacę. Widział, że ręce jej się trzęsą.

– Muszę już iść do swoich pacjentów – powiedziała pospiesznie.

– *Ja* jestem twoim pacjentem – odparł.

– Z tobą już skończyłam – oznajmiła.

Jej słowa były jak zimny wyrzut. Ariel nie odpowiedział. Blanka wyszła, nie oglądając się za siebie.

✦✦✦

Następnego dnia nie pojawiła się w jego pokoju, aby podłączyć go do kroplówki z lekarstwem. Przyszła za to przysadzista, starsza pielęgniarka, Wiktoria, która już nie raz tu była i przynosiła mu jedzenie. Ariel bez słowa obserwował jak pielęgniarka go przypina. Wyszła, zostawiając włączoną maszynę, która po kropelce podawała mu lek wprost do jego żyły. Po godzinie wróciła, tak samo szybko i fachowo odpięła go i wyjechała ze stojakiem z jego pokoju. Ariel poleżał chwilę, czekając, aż minną mu zawroty głowy, po czym zszedł na śniadanie. Był już na tyle silny, że mógł jeść razem z innymi na stołówce dla pacjentów.

Sala znajdowała się na parterze. Wszedł i rozejrzał się. Pacjenci skupieniu w kilkuosobowych grupkach jedli, rozmawiając między sobą. Pod oknem, przy długim stoliku dla personelu, zobaczył zbierające się tam pielęgniarki i lekarzy. Wśród nich dojrzał Blankę.

Usiadł nieopodal przy jednym z niewielu wolnych stolików i zabrał się do jedzenia. Nie miał ochoty przysiadać się do kogokolwiek. Wolał jeść sam. Widział jak Piotr, ten młody lekarz, zagaduje do Blanki i coś jej opowiada, a ona kiwa głową z minimalnym zainteresowaniem. Wydawała się znużona, a on natarczywy.

Po chwili cały stolik wybuchł śmiechem, kiedy opowiedział jakiś siermiężny dowcip. Blanka tylko uśmiechnęła się nieznacznie. Ariel widział, że była zażenowana poziomem żartu. Lekarz próbował ją objąć przyjacielsko i pocieszyć, ale ona odsunęła jego ramię i zaraz wstała, przepraszając wszystkich, mówiąc, że musi obejrzeć pacjentów. Ariel obserwował, jak idzie sama do wyjścia. Reszta personelu rozmawiała dalej ze sobą, niczym niezrażona.

Skończył pospiesznie swoje śniadanie i wyszedł z sali, zanim na korytarzu zrobiło się tłoczno. Szedł przed siebie bez celu, nie myśląc o niczym. Wtem zerknął do sali z ekranami. Kilku staruszków oglądało program informacyjny.

– *Królowa Elena znów nie zgodziła się na obniżenie cen orionu* – mówił spiker. – *Wielcy Rządzący wysłali dziś do Oczu Królowej notę dyplomatyczną wyrażającą ubolewanie całą zaistniałą sytuacją, która...*

Naraz Ariel poczuł nieuzasadniony, zupełnie irracjonalny gniew. Wyszedł z sali, dziwnie rozdrażniony. Zaciskając w dłonie pięści, próbował się opanować, ale coś nie dawało mu spokoju.

Poszedł do swojego pokoju i położył się do łóżka. Próbował zasnąć, ale w jego głowie wciąż pojawiały się jakieś obrazy, jakieś twarze, które go dręczyły. Słyszał czyjś złowieszczy śmiech, który mroził mu szpik w kościach. Przewracał się tak z boku na bok. Dopiero tuż przed wieczorem udało mu się zasnąć na trochę.

Obudził go dźwięk czyichś kroków. Wzdrygnął się i usiadł pospiesznie.

– To tylko ja – powiedziała Blanka, przywożąc ze sobą stojak z lekiem. – Twoja kolejna dawka.

– Pani doktor... – mruknął, podciągnął rękaw koszuli.

Ona zaczęła go podpinać do aparatury.

– Tak naprawdę to nie jestem prawdziwą lekarką – powiedziała po chwili. – Ja tylko pomagam. Nie mam skończonych żadnych studiów, ani nie posiadam wykształcenia medycznego. Po prostu...

Urwała.

– Myślałem, że jesteś prawdziwą lekarką – zdziwił się Ariel. – W końcu tak dobrze radzisz sobie z pacjentami.

Przyjrzał się jej. Ona spuściła wzrok.

– A to tylko jedna z twoich ról, tak? – spytał domyślnie.

Zobaczył, że zerknęła na niego niepewnie, a jej policzki lekko poróżowiały. Nie pytał o nic więcej.

– A ty...? – zaczęła po chwili milczenia. – Przypomniałeś już sobie wszystko? To, kim byłeś?

– Jeszcze nie wszystko – odparł. – Tylko jakieś strzępy... Mam w głowie dużo ciemnych plam. Może kiedyś nieco się rozjaśnią.

Pokiwała głową.

– A jak twoje rany na brzuchu?

– Swędzą...

– Mogę zobaczyć?

Podciągnął koszulkę i pokazał jej rany na piersi i brzuchu. Blanka przyjrzała im się uważnie. Długo nic nie mówiła.

– Te mutacje, sama widzisz, nie zostało mi chyba wiele z życia...

– Nie mów tak – powiedziała łagodnie. – Przecież zażywasz lekarstwo i wyglądasz już o wiele lepiej...

– Minął miesiąc, a te rany są wciąż takie same jak były... – dodał.

– Nieprawda, ja widzę znaczną poprawę – powiedziała. – Skóra jest bardziej miękka, o tu...

Dotknęła palcami jego ciała. Ariel patrzył na nią.

– Może to wasze lekarstwo przedłuży moje życie o parę miesięcy, ale dla mnie to już chyba koniec – stwierdził ponuro. – Nie mam się co oszukiwać.

– Ariel, ależ...

– Nie wiem nawet kim jestem, jak tu trafiłem i co wcześniej robiłem. I umrę, nie wiedząc nawet po co żyłem – powiedział gorzko. – Trochę przykra perspektywa...
– Ariel, nie mów tak – powiedziała dotykając jego ręki. – Nie umrzesz, ale będziesz żyć, wyzdrowiejesz z tego, zobaczysz.
Pokręcił głową.
– Nie myśl tak czarno, uwierz mi, widziałam gorsze przypadki niż twój – dodała. – Ludzie wychodzili z o wiele cięższych stanów i żyli jeszcze wiele lat.
– Widocznie mieli po co żyć – stwierdził.
– A ty nie masz po co żyć? – zapytała.
Ariel splótł palce dłoni ze sobą. Nie odpowiedział.
– Ariel...
– Skoro nie jesteś lekarką, to kim byłaś, zanim założyłaś ten ośrodek? – wszedł jej w słowo.
Spojrzała na niego krótko, kontrolnie. Widział na jej twarzy całą gamę emocji.
– Kimś innym – odparła wymijająco.
– Kim?
Ona uciekła wzrokiem w bok.
– Ja też mam parę ciemnych plam w życiorysie – powiedziała tylko.
Ariel patrzył na nią przez chwilę.
– Ten doktor o tym wie? – zapytał.
Zobaczył, że znów się zarumieniła.
– Nie wiem, o czym mówisz... – mruknęła, choć widział, że doskonale wiedziała, o czym on mówił.
– Widziałem, że często do ciebie zagaduje i zaczepia cię na korytarzu jak wracasz z dyżurów – powiedział. – Wygląda na strasznie upierdliwego typka.
Zobaczył jak ona uśmiecha się ukradkiem.
– Widzę, że bardzo uważnie mi się przypatrujesz – skwitowała. – Zawsze to robisz w wolnych chwilach?
– Nie zawsze – odparł. – A ty zawsze musisz być taka tajemnicza?
Spojrzała na niego z uśmiechem.
– Nie zawsze – odparła przekornie.

– Jesteś bardzo miła dla mnie...

On patrzył na nią w milczeniu.
– Jesteś bardzo miła dla mnie – powiedział naraz. – Dlaczego?
Blanka zamrugała szybko.
– Co dlaczego? – zapytała. – Nie rozumiem, co to za pytanie...?
Spojrzał na nią.
– Normalne – odparł. – Nie zrobiłem nic, co zasługiwałoby na takie traktowanie. A ty wciąż jesteś dla mnie miła.
Blanka uśmiechnęła się lekko.

– Dlaczego miałabym cię źle traktować? – spytała. – Jesteś przecież moim pacjentem.

On spuścił wzrok.

– Ktoś w przeszłości źle cię potraktował? – zapytała.

– Być może – odparł cicho. – A być może ja nie zasługiwałem na miłe traktowanie...

Blanka nie odpowiedziała na to. Ariel spojrzał w okno. Pogoda zmieniła się dziś na zimną i nieprzyjemną. Teraz niemal codziennie padał deszcz, a wszystkie liście zdążyły opaść z drzew. Zostały już tylko nagie gałęzie miotane wiatrem. Coraz szybciej robiło się ciemno. Teraz, choć był dopiero wieczór, było tak ciemno jak w środku nocy.

– Blanko...

Obróciła do niego twarz.

– Czasami przypominam sobie jakąś kobietę – powiedział.

Blanka uniosła brwi.

– Tak...?

Potrząsnął głową.

– Ale to chyba tylko jeden z tych złych snów – dodał.

– Sny są tylko snami – stwierdziła.

Blanka zaczęła odpinać go od aparatury, a potem posprzątała z jego stolika odpadki medyczne i skierowała się do wyjścia. Patrzył na nią jak poprawia coś przy swoim swetrze.

– Mam wrażenie, że już gdzieś cię wcześniej widziałem – powiedział po chwili.

Ona zerknęła na niego przez ramię.

– A ty? – spytał.

Potrząsnęła głową.

– Dobranoc, Ariel.

ROZDZIAŁ III

Następnego dnia wstał wcześnie, wziął szybki prysznic, ubrał się, dłonią przeczesał swoje krótkie, jasne włosy i zszedł na śniadanie. Był pierwszy. Sala świeciła pustkami, tylko w kuchni za drzwiami słychać było stukanie rondli, odgłosy gotowania i rozmowy.

Czekał. Po chwili sala zapełniła się pierwszymi pacjentami. Personel jadł razem z nimi przy osobnym stole, więc zaraz zjawili się także lekarze, pielęgniarki, sprzątaczki, a na końcu dzieci, prowadzone parami przez opiekunki. Zaraz potem podano posiłki i wszyscy zajęli się jedzeniem. Ariel rozejrzał się dokładnie i popatrzył na stolik, przy którym siedział Piotr. Rozmawiał żywiołowo z przysadzistą pielęgniarką Wiktorią i pielęgniarzem Sylwestrem. Blanki z nimi nie było. Nie pojawiła się na śniadaniu.

Jako ostatni wyszedł z sali i wrócił do swojego pokoju. Usiadł na łóżku, czekając na pojawienie się kogoś, kto podłączy go do aparatury. Po chwili usłyszał pukanie i zaraz się wyprostował.

– Proszę.

Wstrzymał oddech, na twarz przywołał uśmiech i popatrzył na drzwi. W progu stanęła inna pielęgniarka, której jeszcze nie widział. Przy piersi miała przyczepioną plakietkę z napisem „Marta. Uczę się". Jego uśmiech natychmiast zniknął.

– A gdzie jest Blanka? – zapytał ją, zanim zdążył ugryźć się w język.

Młoda dziewczyna, może osiemnastoletnia, spojrzała na niego nieco wystraszona.

– Pani Blanka jest na urlopie – powiedziała.

– Urlopie...? – zdziwił.

– Wzięła kilka dni wolnego, żeby odpocząć. W końcu ma tyle na głowie. Należy jej się chwila wytchnienia.

– Ach...

Młoda pielęgniarka podeszła do niego i zaczęła go podpinać do aparatury.

– To gdzie ona teraz jest? – spytał.

– Pewnie w domu, bo gdzieżby indziej – odparła Marta.
– Czyli... tutaj?
Ona spojrzała na niego krzywo.
– Nie, pani Blanka nie mieszka w ośrodku.
– A gdzie?
Pielęgniarka nie odpowiedziała od razu. Sprawdziła coś na maszynie, upewniając się, że lek dobrze się skrapla. Ariel czekał w milczeniu, aż się odezwie.
– Takich informacji nie podajemy pacjentom – odparła.
– Dlaczego?
– Nie chcemy, aby nachodzili ją nieproszeni goście – powiedziała po chwili. – Chronimy jej prywatność. W tych czasach to bardzo cenne.
– Rozumiem – odparł Ariel. – A zatem na próżno będę jej szukał na obrzeżach. Pewnie ktoś taki jak ona, właścicielka wielkiego ośrodka dla chorych i ubogich, mieszka gdzieś w centrum, w samym środku tętniącego życiem miasta...
– Och, wcale nie, Blanka nie jest taka – powiedziała pospiesznie Marta. – Ceni sobie ciszę, spokój, przyrodę i...
Urwała, orientując się, że powiedziała za dużo. Ariel nie dał po sobie poznać, że cokolwiek z tego wyciągnął dla siebie.
– Lepiej już pójdę – stwierdziła, po czym wyszła szybko z jego pokoju.
Ariel otworzył hologram na swojej dłoni i z publicznych zbiorów pobrał na swój identyfikator ogólnie dostępną mapkę Nerek. Przyjrzał jej się uważnie, analizując wszystkie zielone tereny podmiejskie.
Gdy tylko usłyszał kroki na korytarzu, natychmiast zamknął hologram. Tym razem przyszła do niego inna pielęgniarka, Wiktoria.
– Słyszałem, że Blanka jest na urlopie – powiedział, gdy tylko kobieta zjawiła się w jego pokoju. – Rozchorowała się? Mam nadzieję, że to nic poważnego...
– Ach, nie, nie martw się, nic jej nie jest – powiedziała dziarsko Wiktoria, odpinając go od aparatury. – Chciała tylko nieco odpocząć.
– Wygląda na dość zabieganą... – zauważył.

– Ona jest przepracowana – stwierdziła Wiktoria. – Mówiłyśmy jej, że za dużo na siebie bierze, ale ona jest taka uparta. Wszystko chce mieć dopięte na ostatni guzik. Widzieliśmy, że była już bardzo zmęczona. Czasem zasypiała na nocnych dyżurach. Nikt nie śmiał jej wówczas budzić...

Ariel słuchał tego w skupieniu.

– Jest bardzo dobra w tym, co robi – odezwał się.

– Jest doskonała – zgodziła się Wiktoria. – Ale musi trochę przystopować. Zdrowie ma się jedno i trzeba o nie dbać.

– Pewnie smutno wam, kiedy nie ma w pobliżu waszej szefowej...

Wiktoria uśmiechnęła się dobrodusznie.

– Oj tak, brakuje nam jej, zwłaszcza jej uśmiechu, który czasem potrafi wyciągnąć człowieka z największego dołka – odparła. – Ale niech sobie odpocznie. My tu ją będziemy godnie zastępować.

Ariel pokiwał głową.

– Przykro, że nie będzie jej aż tak długo... – zaczął znów, obserwując uważnie pielęgniarkę.

– Och, to tylko kilka dni – odparła. – Blanka wróci w następny poniedziałek. I znów będzie tryskać energią jak zawsze.

Skończyła go odpinać i chwyciła za stojak z pustym woreczkiem po lekarstwie, chcąc z nim wyjechać z pokoju.

– Szkoda, że nie można jej przesłać jakichś pozdrowień – powiedział naraz Ariel. – Zauważyłem, że Blanka nie ma nawet identyfikatora. Jak ona sobie radzi bez niego w mieście?

Przysadzista pielęgniarka zatrzymała się.

– Ma swoje sposoby – odparła z uśmiechem. – Zresztą nie ona jedna go nie posiada. Wśród chrześcijan to dość popularne.

Twarz nawet mu nie drgnęła na takie rewelacje.

– No tak... – skwitował obojętnie. – Ale jednak nie da się prowadzić autolotu bez identyfikatora. Tak samo wsiąść do publicznego transportera...

– Och, ale Blanka wszędzie chodzi pieszo.

– Pieszo? – zapytał, udając zdziwienie. – Tyle kilometrów pokonuje codziennie na nogach? Jak ona daje radę?

Wiktoria pokręciła głową i uśmiechnęła się z politowaniem.

– Ależ przecież ona mieszka tuż za rogiem, to tylko dziesięć minut stąd – powiedziała z rozbawieniem.

Ariel uśmiechnął się przymilnie.

– No tak, to zupełnie zmienia postać rzeczy.

– To do zobaczenia – powiedziała Wiktoria. – Przyjdę tu do ciebie po południu na kolejną dawkę.

– Oczywiście – odparł zgodnie.

Gdy tylko drzwi się za nią zamknęły, Ariel natychmiast zerwał się z łóżka. Zarzucił swoją kurtkę, zawiązał buty i po cichu wyszedł z pokoju.

✳✳✳

Przyglądał się z uwagą mijanym po kolei domom. Wyglądały tak samo, szare, jednopoziomowe klocki, z miniaturowym wybiegiem dookoła porośniętym trawą. Nadstawił wyżej kołnierz kurtki. Wiało przeraźliwie i siąpił lekki deszcz, delikatny jak mgiełka. On jednak ledwo zwracał na to uwagę. Obszedł wszystkie ulice w promieniu około trzech kilometrów pochłonięty analizowaniem domów i obserwowaniem okien. Przyglądał się przechodniom, klientom w sklepach i w salonach gier, ale jej nigdzie nie spotkał. Maszerował tak już od dwóch godzin i zastanawiał się, po co właściwie wyruszył na te poszukiwania. W końcu prawie jej nie znał.

Nie potrafił sobie przypomnieć, czy w przeszłości, jako strażnik, zawodowo zajmował się tropieniem ludzi, ale być może tak, bo czuł się w tym bardzo dobrze. Zaczął przypominać sobie jakieś zagrywki, których używał, aby wywabiać ludzi z ich kryjówek. Ogarnął go dreszcz ekscytacji. Zdał sobie sprawę, że uwielbiał to robić.

Przechodził właśnie obok żelaznej bramy prowadzącej do niewielkiego parku. Wtem coś go tknęło. Zatrzymał się i spojrzał za bramę. Park wydawał się być pusty i zaniedbany. Stały tam pojedyncze monumenty, przy których paliły się małe świeczki w szklanych podstawkach. Było to jedno z takich miejsc, do którego nigdy nie zaglądał. To teren należący wyłącznie do chrześcijan. To

...skrył się za drzewem...

tam oddawali hołdy swoim zmarłym. Tym razem jednak coś nie dawało mu spokoju.

Otworzył bramę, ta uchyliła się ze zgrzytem i zaczął iść aleją wśród drzew, rozglądając się wśród prostokątnych kamiennych płyt. Wiatr hulał w wysokich gałęziach, zrzucając z nich ostatnie liście. Słychać było tylko ich szmer i delikatne siąpienie deszczu. Ariel spoglądał na monumenty wkomponowane w alejki. Wypisano na nich imiona i daty śmierci różnych osób. Czasem dołączono zdjęcie jakiejś uśmiechniętej postaci, innym razem jakąś sentencję. Nigdy jeszcze nie był w takim miejscu i patrzył zaciekawiony na te pomniki. Gdzieniegdzie paliły się pojedyncze lampki, a na niektórych płytach leżały jeszcze świeże kwiaty, albo stały małe figurki aniołów.

Skręcił w boczną alejkę porośniętą po obu stronach wysokimi drzewami i wtem ujrzał tuż przed sobą wysoki monument, większy od tych, które mijał do tej pory. Paliło się tam mnóstwo zniczy, kaganków lub długich, woskowych świec. Na tle pomarańczowej łuny, która odznaczała się w szarówce dnia, dostrzegł jakąś postać siedzącą na ławce na wprost pomnika. Jej włosy ukryte pod czerwoną czapką miały rudawy kolor płomieni świeczek.

Zatrzymał się. Naraz zabrakło mu odwagi, aby podejść do niej bliżej, dlatego skrył się za drzewem i patrzył na nią z oddali. Kobieta siedziała nieruchomo z dłońmi splecionymi na kolanach, spoglądając na pomnik. Nie widział jej twarzy, tylko jej plecy, ale wydawała się bardzo zamyślona, może nawet smutna. Zobaczył jak w pewnym momencie ociera twarz, jakby od łez. Usłyszał ciche pociągnięcie nosem.

Minęło tak kilkanaście minut. Mimo, że deszcz nie padał mocno, poczuł, że cały przemókł. W końcu ona wstała, zrobiła jakiś gest dłonią w kierunku pomnika i odwróciła się. Schował się za drzewo. Po chwili przeszła tuż obok, nie zauważając go. Zerknął na nią ukradkiem. Jej twarz była mokra od łez.

Obserwował jak kieruje się ku wyjściu. Z jednej strony chciał za nią pójść, ale z ciekawości postanowił sprawdzić monument, przy którym siedziała. Usłyszał skrzypnięcie bramy, kiedy wychodziła z parku. Wyszedł więc zza drzewa i podszedł do pomnika. Zatrzymał się przy ławce i popatrzył na napis.

„Pamięci wszystkich pomordowanych w bestialski sposób przez pogan, podczas ich barbarzyńskich świąt. Ich krew woła z ziemi o pomstę do nieba!"

Nie było tam żadnego imienia ani daty, tylko ten napis. Na górze pomnika wyrzeźbiono krzyż z przybitym na nim półnagim mężczyzną. To był charakterystyczny symbol chrześcijan. Wiedział o tym. Pamiętał to.

Odwrócił się i pospiesznie opuścił park.

Szybko zlokalizował ją na następnej ulicy. Z daleka rozpoznał jej szary płaszcz, czerwoną czapkę i rudawe włosy sięgające ramion, poskręcane od wilgoci. Szła powoli, jakby niewidzialny ciężar przygniatał ją od wewnątrz. Udając zainteresowanie hologramową wystawą sklepową z kosmetykami, kątem oka obserwował jak wchodzi do jakiegoś budynku. Zapamiętał dokładnie numer i okolicę.

★★★

Obserwował jak kieruje się ku wyjściu...

Wiktoria przyszła o umówionej porze. Ariel bez słowa podał jej ramię, a ona wprowadziła lek do jego krwioobiegu.

– Mam wrażenie, że powoli ci się poprawia – zagadnęła. – Na twarzy pojawiły ci się zdrowe kolory i twoje oczy są jakby żywsze, czy mam rację?

Ariel tylko nieznacznie pokiwał głową. Tym razem nie miał już ochoty na rozmowę, ani nawet na udawanie, że cokolwiek obchodzi go ta wymiana zdań. Wiktoria próbowała jeszcze coś do niego zagadać, ale on odpowiadał tylko monosylabami, albo wcale, co ostatecznie zniechęciło ją do dalszej dyskusji. Wyszła więc jak tylko podłączyła go do aparatury, a on oparł się o poduszkę, patrząc przed siebie w białą ścianę. Cały czas miał w głowie obraz monumentu, krzyża, tego dziwnego napisu i jej, siedzącej na ławce i płaczącej. Nie dawało mu to spokoju.

Następnego dnia, zaraz po porannej dawce leku, postanowił znów pójść w tamto miejsce. Tym razem już tak nie padało, za to ochłodziło się jeszcze bardziej, a wiatr stał się tak przenikliwy, że wyciskał łzy z oczu. Postawił kołnierz i oglądając się na wszystkie strony, wszedł ponownie do parku. Tym razem kręciło się tu kilka osób, każda zajęta swoimi sprawami. Od razu skręcił w boczną aleję. Ławka była pusta. Spojrzał znów na ten napis, a potem na palące się świeczki. Była ich setka, jak nie więcej. Nie namyślając się, usiadł na ławce. Mimo przenikliwego zimna, przy świeczkach czuć było miłe ciepło. Złożył ręce ze sobą i patrzył na postać zawieszoną na krzyżu. Znów w jego głowie pojawiły się jakieś obrazy. Przypomniał sobie sceny z dzieciństwa, jakieś kłótnie, wyrzuty, które robili mu rodzice, poczucie winy i gniew, który nieustannie mu wtedy towarzyszył.

Z odrętwienia wyrwał go dźwięk kroków. Nie spodziewał się, że spotka ją tu drugi raz z rzędu, ale mimowolnie obrócił się, zerkając przez ramię. Blanka stanęła raptownie na wprost niego. Ze świstem wciągnęła powietrze. Ręka, która trzymała świeczkę w szklanej osłonie zadrżała jej, a świeczka wysunęła się z jej uścisku. Ariel zareagował błyskawicznie. Zerwał się i w locie chwycił świeczkę, łapiąc ją w ostatniej chwili zanim ta roztrzaskała się o chodnik. Miło się zaskoczył. Nie przypominał sobie, żeby miał aż taki refleks.

– Och…! – Blanka zawołała przestraszona i zaskoczona równocześnie.

On bez słowa podał jej świeczkę.

– Co ty tu robisz? – zapytała zdumiona.

Wzruszył ramionami.

– Przechodziłem akurat… – powiedział.

– Przechodziłeś… – powtórzyła.

Pokręciła głową z niedowierzaniem.

– Powinieneś być w ośrodku na leczeniu – powiedziała. – Przecież musisz przyjmować regularnie lekarstwo, jesteś osłabiony i…

– Przecież przyjmuję lekarstwo – powiedział, przerywając jej wywód. – Chciałem się tylko przejść. Nic więcej.

Ona spojrzała na niego niepewnie.

– Co były strażnik miałby robić na chrześcijańskim cmentarzu? – zapytała z powątpiewaniem.

– Nie wiem, a co ty tu robisz? – spytał, uśmiechając się lekko.

Spuściła wzrok.

– Więc już wiesz, kim jestem…

On przyjrzał jej się uważnie.

– Nie wiem, kim jesteś – odparł. – Wiem tylko tyle, że jesteś chrześcijanką.

Ona powoli podniosła na niego oczy.

– Boisz się, że na ciebie doniosę? – zapytał, widząc wciąż niepewność w jej oczach.

– Mówiłam ci, że nie boję się strażników.

Wyminęła go i stanęła tuż przed pomnikiem. Przykucnęła. Z kieszeni płaszcza wyciągnęła małe, dość prymitywne jak na jego oko, urządzenie i zapaliła nim lampkę. Ogień zapłonął na knotku na pomarańczowo. Blanka postawiła lampkę wśród innych i przez chwilę patrzyła na nią w milczeniu.

– Po co te świeczki? – zapytał.

Blanka wyprostowała się.

– To symbol naszej modlitwy – odpowiedziała zamyślona. – Światło, które ma im oświetlić drogę.

– Drogę dokąd? – zapytał.

– Do domu.
– Mówisz bardzo zagadkowo – stwierdził.
Spojrzała na niego.
– Po co tak naprawdę tu przyszedłeś? – zapytała poważnie.
– Nudziło mi się – odparł.
Uniosła jedną brew.
– Nudziło ci się?
Ona odwróciła od niego wzrok i znów popatrzyła na kamienny monument. Ariel stanął obok niej i podążył za nią wzrokiem.
– To jacyś twoi znajomi? – spytał.
Ona nie odpowiedziała. Była poważna i nieco smutna, ale nie płakała. Ariel patrzył na nią długo.
– Śledziłeś mnie? – spytała po chwili.
– Nie...
Spojrzała na niego krótko. On uśmiechnął się lekko, a ona spuściła wzrok. Spojrzał w szare niebo.
– Trochę zimno jak na spacer, co? – zagadnął.
– Nikt nie kazał ci tu przychodzić – skwitowała.
Przeżegnała się, widział wyraźnie znak, który uczyniła dłońmi i odwróciła się. Zaczęła iść alejką w stronę wyjścia. Ariel poszedł razem z nią. Doszli tak do żelaznej bramy.
– Daleko mieszkasz? – zapytał.
Blanka zmierzyła go spojrzeniem.
– Dlaczego pytasz?
W jej głosie pobrzmiewała nieufność. Zmieszał się.
– Może mógłbym cię odprowadzić?
Ona przypatrzyła mu się, jakby chciała wyczytać z jego twarzy prawdziwe intencje.
– Wybacz, ale ja jestem teraz na urlopie – odparła chłodno. – A gdy jestem na urlopie, nie kontaktuję się z moimi pacjentami.
Przeszła przez bramę i wyszła na chodnik. Ariel szedł obok niej.
– A gdybym nie był twoim pacjentem? – spytał.
Widział, że zerknęła na niego pytająco.
– Ale nim jesteś – ucięła. – A teraz zostaw mnie, spieszę się.

Wyminęła go i skręciła w drugą ulicę. Ariel zatrzymał się, zaskoczony. Stał tak chwilę, miotany sprzecznymi myślami. W końcu opuścił cmentarz i odszedł sam w boczną aleję.

✶✶✶

Następnego dnia również przyszedł na cmentarz i usiadł pod tym samym monumentem, ale ona nie pojawiła się. Kilka osób kręciło się wokół. Niektórzy zapalili świeczki przy pomniku, przy którym siedział. Nic nie mówili, ale widząc go, kiwali mu głową w geście pozdrowienia. Ariel odpowiadał tym samym gestem.

„Widocznie mają mnie za swojego" – skontaktował.

Czekał aż do pory obiadowej, ale Blanka nie przyszła. Zaczęło padać. Tym razem nie było to delikatne siąpienie, ale ulewa. Podniósł się więc z ławki i zaczął iść w stronę wyjścia. Po drodze zatrzymał się pod, jak przypuszczał, jej domem. Był to sześciopoziomowy klocek z mieszkaniami wydzielonymi na poszczególnych piętrach dla wielu lokatorów. Nie wiedział, na którym poziomie mieszkała. Popatrzył w okna, ale nikogo w nich nie dostrzegł.

Naraz zobaczył nadchodzący z naprzeciwka patrol strażników. Błyskawicznie wsunął się za bramę prowadzącą na dziedziniec budynku i ukrył się za wystającą ścianą bloku. Dwóch mężczyzn ubranych w białe kombinezony sprawdzało czytnikami mijanych przechodniów. Nic nie mówili, tylko patrzyli w hologramy.

„Rutynowa kontrola" – przypomniał sobie. „Sprawdzają na wyrywki, szukając jakichś osobników o niskim statusie, których mogliby zutylizować."

Przełknął ślinę.

„Czyli... mnie."

Sprawdził swój status. Nadal miał poziom H, czyli bezużyteczny. Z takim statusem wolał nie pokazywać im się na oczy.

Wtem drzwi prowadzące do mieszkania w bloku otworzyły się. Ariel wstrzymał oddech pewien, że to Blanka, ale wyszła stamtąd jakaś elegancka starsza kobieta. Widząc Ariela czającego

– Śledziłeś mnie?

się za węgłem, uniosła brwi. On skorzystał z okazji i chwycił za framugę, przytrzymując jej drzwi, aby nie trzasnęły.

– Och, dziękuję, młodzieńcze – powiedziała, a on uśmiechnął się kurtuazyjnie.

Popatrzył jak mija bramę i wychodzi na ulicę. W tej samej chwili zatrzymali ją strażnicy.

– Uaktywnij się – zażądali.

Ona posłusznie pokazała im swoją dłoń. Ariel nie czekając dłużej, wszedł za uchylone drzwi do bloku i zamknął je za sobą. Znalazł się na klatce schodowej. Popatrzył w górę. Obok była przezroczysta winda. Na panelu informacyjnym widniały numery wszystkich mieszkań. Nie umieszczono tam nazwisk lokatorów, tylko ciąg cyfr. Po wielkiej katastrofie do identyfikacji obywateli używano już tylko numerów.

Przyjrzał się wszystkim numerom po kolei, ale one nic mu nie mówiły. Zaczął wpisywać te numery do swojego hologramu, szukając ich w bazie danych Nerek. Wyskakiwały mu po kolei twarze mężczyzn i kobiet. Nie było wśród nich Blanki. Machnął ręką, zamykając hologram.

Miał już wychodzić, ale coś go tknęło. Przy windzie zauważył małe okienko. Zerknął przez nie. Strażnicy stali w bramie prowadzącej na dziedziniec budynku i sprawdzali każdego, który przez nią przechodził. Deszcz lał jak z cebra, a oni, nie chcąc moknąć, skryli się pod zadaszeniem i sprawdzali tych, którzy ich mijali, w ten sposób oszczędzając sobie roboty. Mogli tkwić tu nawet godzinę. Przypomniał sobie, że sam też tak robił. Musiał przeskanować określoną liczbę obywateli dziennie, a ponieważ nie chciało mu się chodzić w kółko, przystawał w jakimś zatłoczonym miejscu i sprawdzał wszystkich, którzy mu się nawinęli.

Oparł się plecami o ścianę. Postanowił przeczekać tu, aż sobie pójdą.

Wtem usłyszał dźwięk otwieranych drzwi gdzieś na wyższym piętrze. Przylgnął mocniej do ściany, chowając się we wnęce prowadzącej do piwnicy. Usłyszał delikatne kroki. Wstrzymał oddech. Zobaczył na stopniach wiązane buty do kostek, ciemnozieloną spódnicę i szary płaszcz.

– Zaczekaj…! – zawołał za nią, wychodząc z cienia.

Blanka podskoczyła w miejscu, a widząc go, wydała z siebie cichy jęk.

– Nie wychodź tam teraz – odezwał się, zanim zdążyła cokolwiek powiedzieć. – Strażnicy stoją w bramie i sprawdzają każdego, kto tamtędy przechodzi.

Ona zmierzyła go spojrzeniem.

– Skąd ty to wiesz?

– Bo właśnie się przed nimi schowałem – odparł.

– Tutaj?

– Jak mi nie wierzysz, to sama zobacz – powiedział, pokazując jej na małe okienko.

Blanka spojrzała nieufnie za jego plecami. W końcu podeszła do niego i wyjrzała przez niewielkie okno. Zobaczył jak zmienia się na twarzy.

– Jeszcze nigdy ich tu nie widziałam – szepnęła, obserwując strażników. – Co oni tu robią? Przecież to uboga dzielnica, a oni zwykle patrolują centrum i okolice, a nie nas, biedotę. Z nas mają niewielki zysk... Niektórzy nie mają tu wcale identyfikatorów, żyjemy trochę na dziko...

Ariel przyglądał jej się w milczeniu.

– Jest tu więcej takich jak ty? – zapytał ją cicho. – Chrześcijan bez identyfikatorów?

Ona spojrzała na niego krótko.

– Tak...

– Może ktoś na was doniósł?

– Ale kto? Jak to...? – jęknęła.

Widział, że była przerażona.

– Lepiej wróć do swojego mieszkania – powiedział. – Ja tu zostanę jeszcze jakiś czas. Ostrzegę cię, gdyby jednak chcieli przeszukać budynek.

Ona spojrzała na niego zaskoczona.

– Ariel, ale...

– No idź, oni tak mogą jeszcze długo stać. Znam te metody, sam tak robiłem – dodał.

– Ariel, ale nie możesz wdać się w bójkę ze strażnikami, to zaalarmuje resztę, zrobi się zamieszanie...

– Czy ktoś mówił o bójce? – odparł. – Ja ich tylko unieszkodliwię.

– Co ty masz na myśli? Chcesz ich zabić? – spytała przerażonym szeptem.

– Jeśli nie pozostawią mi wyboru...

– Ariel, nie – powiedziała stanowczo. – Nie możesz ich zabić, to tylko doprowadzi do jeszcze większych represji, a to odbije się na nas, na chrześcijanach, których potem oskarży się o dywersję i działanie przeciwko Wielkim Rządzącym.

Ariel spojrzał na nią. Myślał nad tym, co przed chwilą usłyszał.

– Jest stąd jakieś inne wyjście? – zapytał.

Blanka zawahała się.

– Nie... Nie wiem, jest małe okienko w piwnicy, przez które czasem przechodzą koty, ale nie sądzę, aby zmieścił się tam dorosły...

Urwała. Usłyszeli jakieś krzyki na zewnątrz.

– ...tam może się ukrywać...!

– Nie...! Błagam! Tam mieszkają tylko starsi ludzie...!

Rozległ się charakterystyczny dźwięk paralizatora, a potem jakiś huk, jakby ciało zwaliło się na ziemię.

– Na którym mieszkasz poziomie? – zapytał ją szeptem Ariel.

– Ja... Na drugim, ale.. – jęknęła.

Usłyszeli kroki tuż za drzwiami, a potem walenie.

– Otwierać w imieniu Wielkich Rządzących! – usłyszeli ostry, męski głos. – Mamy wiadomość, że ukrywają się tu chrześcijanie spiskujący przeciwko władzy!

Blanka pobladła gwałtownie. Ariel nie namyślając się podbiegł do drzwi i zablokował je leżącą w rogu łopatą. Spojrzał na kobietę. Blanka wcisnęła się w najciemniejszy kąt tuż przy windzie. Kiwnął na nią, aby pobiegła na górę, ale ona stała jak zdrętwiała.

„A mówiła, że nie boi się strażników..." – pomyślał z politowaniem.

Zadudniło, kiedy strażnicy zaczęli walić w drzwi. Ariel bez słowa podbiegł do Blanki i chwycił ją mocno za rękę, pociągając za sobą. Wbiegli na drugie piętro i stanęli przed drzwiami. Ona wyciągnęła rękę. W dłoni miała plakietkę i to nią otworzyła drzwi. Weszli do środka i zatrzasnęli drzwi.

– Co teraz? – spytała drżącym głosem.

Ariel rozejrzał się. Policzył dokładnie okna, znalazł wyjście na balkon i zorientował się, jak apartament jest położony. Przypomniał sobie inne budynki, które stały obok i ich rozmieszczenie. Cała ta analiza zajęła mu mniej niż sekundę. Potem podbiegł do okna na wprost i zerknął przez nie. Zobaczył autolot strażników i wychodzących stamtąd żołnierzy. Było ich około dwudziestu. Nieśli ze sobą jakiś ciężki sprzęt.

– Wiedzą, że są tu chrześcijanie, będą wyważać drzwi i sprawdzać po kolei wszystkie pokoje – powiedział. – Zabierz najpotrzebniejsze rzeczy, usuń symbole religijne i wszystko to spakuj w jedną torbę, tak, abyś miała wolną rękę.

– C-co…?

– Masz tu jakichś znajomych, których trzeba ostrzec?

– Znajomych…? Są w drugim bloku, ale ja… Nie mam jak…

– Nie ma już na to czasu, zaraz się tu włamią, pakuj się – oznajmił, nie odrywając wzroku od podwórza.

Blanka pospiesznie zaczęła zbierać rzeczy. Biegała po mieszkaniu kompletując je do jednej torby. Ariel w tym czasie zabrał z kuchni długi nóż i wszedł do sypialni. Blanka akurat na klęczkach pakowała bieliznę. Widząc go z nożem w ręku, jęknęła. Ariel cofnął się.

– Prześcieradła – powiedział. – Gdzie je masz?

Przełknęła ślinę i pokazała na szafkę obok. Otworzył ją i wyciągnął stamtąd biały materiał. Przedarł go nożem, a potem kolejny. Działał szybko, bez zastanowienia, jak automat. Miał wrażenie, że setki razy robił coś takiego. Powiązał ze sobą długie kawałki prześcieradła, tworząc z nich linę. Wtem usłyszał huk gdzieś pod nimi, a potem krzyki i szczęk tłuczonego szkła.

– Już są – stwierdził. – Idziemy.

Blanka zapięła torbę i przełożyła ją sobie przez ramię, tak aby mieć wolne ręce. Ariel podprowadził ją do okna balkonowego. Jego wzrok padł na krzyż zawieszony na ścianie. Zdjął go i podał Blance.

– Schowaj to.

Ona włożyła krzyż do torby, ale przedtem ucałowała go. Ariel spostrzegł to, ale nic nie powiedział.

Otworzył drzwi balkonowe. Byli na tyłach budynku, ale i tu słyszeli nawoływania strażników i odgłosy paralizatorów. Deszcz nadal lał nieprzerwanie. Ariel przywiązał mocno jeden koniec powiązanych prześcieradeł do metalowej żerdzi balustrady, tuż przy samym dole.

– Daj mi tę torbę – poinstruował i Blanka podała mu swój tobołek.

Przerzucił go sobie przez plecy. Przelazł przez barierkę i chwycił mocno sznur zrobiony z prześcieradeł. Podciągnął się na nim, sprawdzając jego wytrzymałość, choć wiedział, że nie musiał. Instynktownie pamiętał dokładnie skalę wytrzymałości różnych materiałów.

– Patrz uważnie i rób to, co ja – powiedział. – Złap się w ten sposób, potem jedną nogę owiń wokół i spuszczaj się.

Po czym zaczął zjeżdżać na sam dół. Sam nie wiedział jak ani kiedy, ale dobrze wyliczył długość prześcieradeł w stosunku do wysokości piętra. Zostało się jedynie pół metra do ziemi, kiedy materiał się skończył. Zeskoczył lekko i spojrzał w górę. Blanka schodziła powoli. O wiele za wolno, jak na te warunki.

– Szybciej…! – syknął, starając się mówić to w miarę cicho.

Złapał za kraniec prześcieradła i szarpnął, poganiając ją w ten sposób. Ona przyspieszyła nieznacznie.

– Szybciej!

W końcu Blanka zeszła do końca i zeskoczyła na ziemią.

– Za mną! – nakazał.

Złapał ją pod ramię i pociągnął za sobą. Opuścili dziedziniec i w strugach deszczu zaczęli przemierzać chodnik. Z tyłu za nimi słychać było nawoływania strażników, jakieś krzyki i odgłosy wywarzanych drzwi.

– Nie oglądaj się za siebie, ani nie patrz na nikogo – powiedział cicho.

– Dokąd idziemy? – zapytała po chwili.

– Masz jakichś pewnych ludzi, u których możesz się zatrzymać?

– Tylko mój ośrodek, „Przystań miłosierdzia" – odpowiedziała. – Jest jeszcze ochronka sióstr krystalitek, ale to na drugim końcu miasta.

– To za daleko, idziemy do ośrodka – zdecydował.

Szli w milczeniu szybkim krokiem. Ariel cały czas analizował ich sytuację. Nie wyróżniali się na tle innych przechodniów zdążających pospiesznie do celu, aby schronić się przed deszczem. Torba Blanki nie była na tyle duża, aby wzbudzić podejrzenia, że są uciekinierami. Wyglądali też dość przyzwoicie, zwłaszcza ona w eleganckim płaszczu i spódnicy. Zerknął na nią. Włosy miała przemoczone, a oczy i nos lekko zaczerwienione. Milczała, twarz miała zaciętą, a spojrzenie przestraszone.

– Nie oglądaj się za siebie...

– Ariel... – zaczęła, kiedy skręcili w ulicę prowadzącą bezpośrednio do ośrodka. – Jak ty się tam znalazłeś? Na mojej klatce schodowej...?
– Przechodziłem akurat i zobaczyłem strażników, więc skryłem się w pierwszym możliwym miejscu – odpowiedział.
Poczuł na sobie jej oskarżycielskie spojrzenie.
– Już jesteśmy – powiedział, zanim zdążyła wtrącić coś więcej.
Przeszli przez bramę i cali przemoknięci weszli do środka.
– Blanko? Ty tutaj? – zawołała jakaś pielęgniarka na ich widok. – Co się stało? Przecież powinnaś być na urlopie.

Blanka pokręciła głową. Broda jej się trzęsła. Pielęgniarka zmartwiała.

– Blanko, co...?

Blanka naraz rozpłakała się.

– Zmiana planów – stwierdził Ariel, widząc, że ona nie jest w stanie mówić. – Strażnicy pojawili się przed jej blokiem i sprawdzali każdego. Musieliśmy uciekać.

– Wielkie nieba! – zakrzyknęła pielęgniarka. – Czy ktoś was śledził?

– Nie – odparł Ariel. – Ale być może trzeba będzie pomyśleć nad przeorganizowaniem ośrodka.

– Przeorganizowaniem...? Dla... dlaczego? – jęknęła Blanka.

– Oni zachowywali się tak, jakby kogoś szukali – powiedział, patrząc na nią uważnie. – Wiesz coś o tym?

Blanka potrząsnęła głową.

– Amelio, zawiadom Piotra – powiedziała Blanka, ocierając łzy rękawem płaszcza. – Powiadom Sylwestra, Wiktorię, wszystkich.

– O-oczywiście – wybełkotała pielęgniarka i biegiem wypadła na korytarz.

Ariel zdjął z ramienia jej torbę i położył ją na ziemi. Blanka spojrzała na niego.

– Nie wiem, po co za mną szedłeś i po co chodziłeś na cmentarz, ale... – powiedziała urywającym się głosem. – Ale teraz, kiedy to się stało to... Dziękuję ci.

Spojrzał na nią.

– Gdyby nie ty, to pewnie od razu by mnie złapali. Od dawna nie mam identyfikatora, a to już samo w sobie może skończyć się więzieniem.

– Albo utylizacją – stwierdził. – Powinnaś mieć jakiś identyfikator, choćby fałszywy. To by cię chroniło.

Blanka pokręciła głową.

– Już dawno z tym skończyłam – oznajmiła stanowczo. – Nie będę znów niewolnikiem systemu.

Ariel nie skomentował tego.

Blanka zdjęła z siebie płaszcz i powiesiła w holu, a czapkę wyżęła w dłoni i rozłożyła na grzejniku. Przypatrywał jej się jak wyciąga z torby małą szczotkę i zaczyna rozczesywać swoje poskręcane, rudawe włosy. Już nie płakała. Szybko wzięła się w garść.

– Zaczynam sobie coraz więcej przypominać – powiedział naraz. – Chyba mam w sobie coś ze śledczego. W każdym razie dobrze mi idzie tropienie innych.

Obejrzała się na niego.

– Tropiłeś mnie? – spytała głosem, w którym pobrzmiewała i złość i strach. I ciekawość.

Wzruszył ramionami.

– Tylko przechodziłem obok.

– Jesteś bezczelny, wiesz o tym? – powiedziała surowo.

– Być może, nie pamiętam wszystkiego ze swojej przeszłości – odparł, uśmiechając się lekko. – Ale moje ciało pamięta.

Spojrzał na swoje dłonie.

– Pamięta jak walczyć i jak się bronić, jak strzelać i jak zabijać, jak uciekać i ukrywać się – wymieniał. – Nie wiem skąd, ale wiem, jak to robić. Wiem też, że niedługo może zrobić się tu gorąco.

Zobaczył, że jej dłoń ze szczotką zamiera w powietrzu.

– Jeśli przeczucie mnie nie myli, oni będą chcieli przeszukać wszystkie budynki użyteczności publicznej.

– Nasz budynek jest prywatny, kupiony za ofiary darczyńców.

– To was nie chroni – stwierdził. – Strażnicy mogą w każdej chwili zrobić tu nalot. Ja na waszym miejscu zwiewałbym stąd.

– Dokąd? – zapytała. – Jak mam niby przetransportować ciężko chorych i przykutych do łóżek? Biednych i kalekich? Małe dzieci i kobiety w zaawansowanej, zagrożonej ciąży? Jak ty to sobie wyobrażasz? Może twoja pamięć przypomni sobie jak to jest dźwigać na barkach nieprzytomnego, ciężko rannego człowieka?

Drgnął. O dziwo, jego ciało pamiętało i takie sytuacje.

– Nie będziemy się stąd nigdzie ruszać – oznajmiła. – Jesteśmy tu już ponad pięć lat i nikt nigdy nam nie zagrażał, ani Wielcy Rządzący, ani ich strażnicy. Nikomu nie wchodziliśmy w drogę, trzymaliśmy się na uboczu, więc dlaczego teraz mieliby nas nachodzić?

Ariel nie odpowiedział jej.

– Blanko, moja droga! – zawołał Piotr z końca korytarza.

Za nim szedł Sylwester, Wiktoria i inni lekarze i pielęgniarki. Piotr dopadł do niej i objął ją mocno.

– Nic ci nie jest? Jesteś cała? – spytał z troską.

– Nie, w porządku – oznajmiła trochę sztywno, uwalniając się z jego uścisku. – Na szczęście Ariel był w pobliżu i pomógł mi wydostać się z mieszkania i uciec.

– Ariel…?

Piotr spojrzał na niego podejrzliwie.

– A co on robi poza ośrodkiem? – zapytał. – Przecież nie wolno mu opuszczać budynku, jest w trakcie terapii.

Blanka tylko machnęła ręką.

– Nieważne, w każdym razie nic nam nie jest – powiedziała, ucinając tamten wątek.

– Blanko, czy coś ci zagraża? – zapytała Wiktoria. – Czy coś zagraża ośrodkowi?

– Na razie nic, ale…

Zerknęła w stronę Ariela. On milczał.

– Posłuchajcie mnie, na pewien czas zamieszkam tutaj w jednym z pokoi dla personelu, tak dla bezpieczeństwa – powiedziała.

– Oczywiście, zaraz przygotuję ci kwaterę – oznajmiła Wiktoria. – Będziesz miała ładny, przestronny pokój na drugim piętrze, od wschodu.

– Dziękuję.

– A co z ośrodkiem? Czy mamy się ewakuować? – zapytał Sylwester.

– Nie, na pewnie nie – powiedziała Blanka. – Nigdzie się nie ewakuujemy, bo nie mamy dokąd. Zostajemy na miejscu. Po prostu… Na jakiś czas może unikajmy wychodzenia na ulicę i róbmy zakupy pojedynczo, dobrze?

Zgodzili się wspólnie.

– Blanko, ale jakim cudem strażnicy pojawili się w naszej dzielnicy? – zdziwił się Piotr. – Przecież to tereny biedoty, nawet jak przywalą komuś karę, niewiele na tym zyskają, bo tu większość żyje na poziomie E i F i nie będzie miała z czego oddać.

– A więzienia są przepełnione – wtrącił Sylwester. – Więc nawet jak ich wszystkich zamkną, to kto będzie pracował w ich fabrykach? Przecież wszystkich nie mogą zutylizować...

Ariel drgnął. Znów zaczął sobie coś przypominać.

– Zutylizować nie – powiedział nagle. – Ale przerobić na serum już tak.

Spojrzenia wszystkich w jednej chwili spoczęły na nim.

– Przerobić na serum? – odezwał się Piotr oburzonym tonem. – Tę biedotę? Przecież większość z tych ludzi ma najsłabsze geny w mieście.

– Co z tego? – odparł Ariel. – I tak są lepsze, niż zmutowane geny Wielkich Rządzących. Po zniszczeniu fabryki w Płucach, będą chwytać się wszystkiego, żeby zagarnąć surowiec. Są w desperacji, ich ciała rozpadają się w błyskawicznym tempie, wręcz na ich oczach, więc zrobią wszystko, aby dostać serum, choćby z marnego towaru. Wiadomo przecież, że najlepsze geny mają chrześcijanie. Są najczystsi, nie ma po nich alergii i można ich przyjmować w każdej ilości, więc...

Umilkł, bo zrozumiał, że wszyscy spoglądają na niego z przerażeniem.

– Skąd ty to wszystko wiesz? – zapytał go Piotr.

Ariel popatrzył po nich.

– Słyszałem...

– Słyszałeś? Gdzie?

Jego głos był ostry i suchy.

– W jakich kręgach rozpowiada się takie informacje? Bo chyba nie w chrześcijańskich...? – dodał.

Ariel nie odpowiedział.

– Kim ty w ogóle jesteś? – spytał ponownie Piotr.

Ariel milczał.

– Ariel stracił pamięć – odezwała się Blanka. – I pamięta tylko fragmenty ze swojej przeszłości...

– Fragmenty... – mruknął Piotr. – A już to potrafi przyprawić człowieka o gęsią skórkę.

Ariel nadal milczał. Wszyscy, oprócz Blanki, patrzyli teraz na niego z chłodną rezerwą.

– Cóż… musimy się nad tym dobrze zastanowić – oznajmiła Blanka, przerywając tę krępującą ciszę. – Nie wiemy jeszcze co nam grozi, ale strażnicy rzeczywiście stali pod moim blokiem. I to cały oddział, więc… Po prostu musimy mieć się na baczności.

– Co proponujesz? – zapytał Sylwester.

– Spotkajmy się w naszej salce na piętrze, zaraz po obiedzie – powiedziała. – Tam porozmawiamy.

Popatrzyła po kolei na każdego z nich, a ci pokiwali głowami.

– Dobrze – zgodzili się.

Ariel nie odpowiedział. Blanka zatrzymała na nim wzrok.

– Ariel, ty też – powiedziała.

– On też? – zdziwił się Piotr. – Przecież to…

– Ariel pomógł mi uciec – oznajmiła. – I gdyby nie on, nie byłoby mnie teraz tutaj. Myślę, że jego wiedza, jakkolwiek szczątkowa, połączona z dobrą wolą, może nam się przydać.

Reszta popatrzyła z rezerwą na Ariela. Miny mieli nietęgie. Zwłaszcza Piotr.

– Jesteś pewna, moja droga? – zaczął ciszej.

– Tak, jestem pewna – powiedziała głośno Blanka. – Chodźmy, zjemy coś, a potem pomyślimy co dalej.

– Ale ty, moja droga, musisz się najpierw przebrać, jesteś cała przemoczona – powiedział Piotr, obejmując ją ramieniem. – Chodź, wysuszysz się i…

– Wiem, Piotrze – przerwała mu. – Wiem, co mam robić.

Delikatnie odsunęła jego ramię od siebie i schyliła się, aby podnieść swoją torbę. Piotr natychmiast wyrwał się do przodu.

– Pozwól chociaż, że zaniosę ci bagaż.

Ona kiwnęła głową.

– Dobrze…

Piotr wziął torbę i poszedł za nią. Reszta stała jeszcze chwilę, wymieniając się spojrzeniami. Zerkali na Ariela, ale ponieważ on nic nie mówił, w końcu zaczęli się rozchodzić i Ariel został sam na środku korytarza.

ROZDZIAŁ IV

Usiedli przy jednym stole, lekarze, pielęgniarki, asystenci i sprzątaczki, wszyscy pracownicy ośrodka. Ariel był tutaj jedynym pacjentem. Usiadł w rogu, na wprost Blanki. Od kilkunastu minut rozmawiali o tym, co spotkało Blankę, jakie nastroje panują w dzielnicy i co powinni w związku z tym zrobić. Nie mogli jednak zgodzić się, co do dalszych kroków.

– Powinniśmy podzielić się na grupki i patrolować okolice na wypadek, gdyby ktoś się zbliżał – zaproponował Sylwester. – Wówczas zdążylibyśmy ostrzec siebie nawzajem.

– Dobrze, a potem co? – spytała Blanka. – Co nam po tym ostrzeżeniu? Jak możemy przygotować się na ewentualną kontrolę?

– Będziemy improwizować – powiedział Piotr. – Ja mam dobry identyfikator, na poziomie D, więc mógłbym ręczyć za nas wszystkich i udawać właściciela.

– To zbyt ryzykowne – powiedziała Blanka. – Nie może jeden człowiek wystawić się za nas wszystkich. A jeśli coś ci się stanie?

– Och, Blanko, nie martw się o mnie – powiedział dobrodusznie. – Poza tym to byłby zaszczyt zginąć w tak szlachetnej sprawie.

Blanka obejrzała się na niego.

– Nie mów tak – powiedziała stanowczo. – Nie chcę nawet o czymś takim słyszeć. Nikt tutaj nie będzie za nikogo ginął.

– Ja uważam, że powinniśmy przynajmniej część pacjentów odesłać do sióstr krystalitek – odezwała się Wiktoria. – Rozdzielić ich, na wypadek, gdyby nagle trzeba było się ewakuować...

– To jest bez sensu – powiedziała pielęgniarka Amelia. – Przecież strażnicy równie dobrze mogą przeszukać dom sióstr krystalitek, nie mamy żadnej pewności, że tam nasi pacjenci będą bezpieczniejsi.

– Ale musimy przynajmniej spróbować – oponowała Wiktoria. – Coś zrobić, cokolwiek...

Blanka pokręciła głową.

– Jeśli mamy robić cokolwiek, to lepiej już nie robić niczego – powiedziała. – Przynajmniej nie narobimy głupot.

– Ale co zrobimy, jeśli strażnicy zapukają do naszych drzwi? – zapytała strachliwie inna pielęgniarka. – Nie mamy się jak przed nimi bronić...

– Może moglibyśmy spróbować zawalczyć... – wtrącił Sylwester.

– Żartujesz? Chcesz się bić ze strażnikami? To byłby nasz koniec – powiedziała Blanka. – To byłby koniec całego naszego ośrodka. Istniejemy tu tylko dlatego, że ze wszystkimi żyjemy w pokoju i nie chcemy wywoływać konfliktów.

– No to co takiego się stało, że nagle strażnicy zaczęli przeszukiwać twój blok? – spytał jakiś pracownik kuchni, tęgawy mężczyzna w średnim wieku. – Zawsze trzymali się z dala od tych rejonów.

– Nie wiem, może ktoś doniósł... – zaczęła.

– Ale kto? Przecież tu są sami swoi – powiedział mężczyzna, spoglądając na wszystkich zgromadzonych w salce. – Kto mógłby być tak podły?

– Może ktoś, kto przybył tu z zewnątrz – powiedział naraz Piotr.

– Ale kto? – zapytało naraz kilka osób.

– Ktoś, kto nie jest z nas – dopowiedział znacząco.

Ariel poczuł na sobie jego przenikliwe spojrzenie. Pozostali podążyli za jego wzrokiem.

– Piotrze, chcesz powiedzieć, że...? – zaczęła Blanka niepewnie zerkając na Ariela.

– Ja nic nie chcę powiedzieć, ja tylko zastanawiam się na głos – oznajmił. – W końcu niecodzienny to zbieg okoliczności, że ten pacjent był akurat pod twoim blokiem, kiedy przybyli strażnicy, nie uważasz?

– Przecież to niedorzeczność – powiedziała Blanka. – Ariel był tam przypadkiem...

– Dziwny to przypadek jak dla mnie – stwierdził chłodno. – Równie dobrze mógłby spacerować w innych rejonach miasta. A poza tym pacjentom nie wolno opuszczać ośrodka w trakcie terapii, ale widocznie ktoś tutaj lepiej wie, co jest dla niego dobre...

Ariel zmarszczył brwi.

– Ja się nie prosiłem, żeby mnie leczyć – odpowiedział twardo.

– Ale zgodziłeś się brać lekarstwo, a to wiąże się ze zgodą na terapię – odparował Piotr. – A skoro zgodziłeś się na terapię, to automatycznie zgadzasz się na nasze warunki.

– Piotrze... – wtrąciła Blanka.

– A informacje, którymi się z nami wcześniej podzieliłeś, są dosyć niepokojące – mówił dalej lekarz. – Już na podstawie tego co wiesz można by przypuszczać, że masz coś wspólnego ze strażnikami, być może sam nawet nim jesteś, i to nie byle jakim, ale kimś na wyższym poziomie. Może nawet dowódcą.

– Piotrze, nie uważam, aby to było istotne – powiedziała Blanka. – W naszym ośrodku leczymy wszystkich, nie tylko chrześcijan...

– Swoją drogą, ten twój brak pamięci, to bardzo wygodne, co? Można tym wszystko usprawiedliwić – zakpił Piotr, zupełnie ignorując Blankę. – Nawet to, że po cichu rozpracowuje się ośrodek chrześcijan, aby potem móc na nich donieść.

Ariel zacisnął dłonie w pięści.

– O co ty mnie posądzasz? – zapytał go wprost.

– Ja? O nic – odparł Piotr. – Ja tylko chcę wiedzieć, kim ty naprawdę jesteś i jakie są twoje zamiary, bo coś za dużo tych znaków zapytania wokół ciebie.

Ariel obejrzał się na pozostałych. Wszyscy patrzyli na niego wyczekująco. Zrozumiał, że w tym towarzystwie on jedyny był niechrześcijaninem.

– Ariel, nikt cię o nic nie posądza – powiedziała szybko Blanka. – Przecież... Och, Piotrze, dlaczego musisz być taki uprzedzony? – zapytała, zwracając się do lekarza. – Zapominasz, że Ariel pomógł mi w ucieczce. Gdyby nie on, to...

– Tak, wiem, to też bardzo wygodne, prawda? – powiedział Piotr. – Nikt by nie posądził o złe zamiary kogoś, kto cię uratował. Ale co jeśli to on wcześniej zawiadomił strażników?

– To jest niedorzeczne! – oznajmiła Blanka.

– Ale prawdopodobne – dodał.

– Jakie masz na to dowody? – zapytała.

– Dowody? Wystarczy na niego spojrzeć, posłuchać co on mówi – powiedział. – On nie jest taki, jak my. On coś ukrywa.

Ariel wstał od stołu, a wszyscy wstrzymali oddech.

– Wiecie co? – powiedział, spoglądając na nich ponuro. – Ja tu wcale nie muszę być. Przyszedłem, bo poprosiła mnie o to Blanka, ale jak macie się źle czuć w moim towarzystwie, to równie dobrze mogę stąd odejść.

– Ariel, nie… – jęknęła Blanka, zrywając się pospiesznie z krzesła.

– No tak, ucieczka, to wiele tłumaczy – stwierdził Piotr z satysfakcją. – Myślę, że więcej dowodów nam nie potrzeba. Szkoda tylko, że przez ten czas zdążyłeś tyle się o nas dowiedzieć. Cóż, to nauczka dla nas. Następnym razem musimy być bardziej ostrożni.

Nikt mu nie zaprzeczył.

– Piotrze, jak możesz tak mówić? – wyrzuciła mu Blanka surowo.

– Myślę, że wasz doktor już wystarczająco mnie podsumował – stwierdził Ariel z goryczą. – Więc nic tu po mnie.

– Ariel, proszę cię, nie bierz tego do siebie – zaczęła Blanka.

On spojrzał na nią krótko, po czym bez słowa ruszył ku drzwiom.

– Nie, zaczekaj…! – zawołała.

– Moja droga zostaw go, im szybciej od nas odejdzie, tym lepiej – powiedział Piotr.

– Jak możesz tak traktować pacjentów? – powiedziała do niego Blanka. – To są moi pacjenci! Ja właśnie z myślą o takich osobach, porzuconych, bezdomnych i potrzebujących, założyłam ten ośrodek.

– Z myślą o strażnikach także? – zapytał Piotr unosząc brwi.

Blanka popatrzyła po pozostałych. Nikt się nie odezwał.

– Ariel – powiedziała.

Ariel zawahał się. Był już przy drzwiach.

– Proszę cię, zostań.

Bez słowa, nie patrząc na nikogo, wyszedł z salki, zamykając za sobą drzwi.

Zszedł na parter. W holu złapał za swoją kurtkę i zarzucił ją na siebie. Spojrzał przez okno. Nadal padało. Nadstawił wyżej kołnierz i już miał wychodzić, gdy w tej samej chwili usłyszał szybkie kroki na korytarzu. Odczekał chwilę. Wiedział, kto to. Odwrócił się, kiedy była już bardzo blisko.

– Ariel, tak mi przykro – powiedziała Blanka, podchodząc do niego. – Przepraszam cię za to, to nie powinno w ogóle mieć miejsca. Te oskarżenia i pomówienia...

Wzruszył ramionami.

– Przecież ten doktor dobrze powiedział – stwierdził. – Ja nie jestem taki jak wy, więc po co udawać?

Zerknął na nią. Wyglądała na zmartwioną. Nic nie powiedziała, tylko na moment objęła się ramionami, jakby chciała sama sobie dodać otuchy.

– I co, podjęliście jakąś decyzję? – spytał, bo nic nie mówiła.

– Będziemy na zmianę patrolować ulice – powiedziała. – Ja zostanę w ośrodku i nie będę nigdzie wychodzić, reszta powiadomi naszych znajomych i przyjaciół w innych częściach miasta. Będziemy próbowali skontaktować się z przywódcami chrześcijańskiej grupy z podziemia, żeby wspólnie zorientować się, skąd te nagłe kontrole. Być może uda się im dotrzeć z tą wiadomością do Oczu Królowej i powiadomić jej wojsko. Elena jest teraz silna i mogłaby zainterweniować.

– Serena – poprawił ją Ariel.

– Elena, władczyni Oczu Królowej – powtórzyła.

– Nie, Serena.

– Ariel, przecież Serena już dawno zginęła, nie pamiętasz...? – zaczęła, ale zaraz urwała, widząc jego minę.

Ariel cofnął się, zdumiony.

– Nie pamiętasz tego, co się stało na arenie? – zdziwiła się. – Tego anioła z mieczem, który uratował chrześcijan?

– Anioł... z mieczem? – spytał.

Głos mu zadrżał.

– To był święty Michał Archanioł, to on ocalił Elenę i jej ludzi. Na pewno musiałeś to pamiętać, przecież to było wydarzenie na skalę światową...

Ariel potarł skroń.

– Niczego takiego nie pamiętam... Kim jest ta Elena? – zapytał.

– Zagubioną córką królewską, tą prawdziwą – wyjaśniła. – Okazało się, że Serena była tylko jej klonem.

Złapał się za czoło, bo nagle rozbolała go głowa.

– Ariel... Dobrze się czujesz? – zapytała.

– Nie... chyba – mruknął.

W skroniach mu łupało, jakby ktoś okładał go tam pięściami. Zacisnął mocno powieki. Coś go zaczęło strasznie irytować, jakby nie dawało mu spokoju.

– Mówiłaś, że co to był za anioł? – zapytał.

– Michał Archanioł... Ale co to ma do rzeczy? Ariel?

– Mikael...

– Co mówiłeś? – spytała, robiąc krok w jego stronę.

– Gabriel – powiedział.

– Ariel?

– Rafael...

Poczuł, że ona dotyka jego ramienia.

– Co ci jest? – spytała.

– Uriel. I Ariel, najmłodszy – powiedział.

– O czym ty...?

Otworzył oczy i spojrzał na nią.

– Ja jestem Ariel – powiedział. – Jestem najmłodszy.

Widział, że patrzyła na niego niepewnie.

– Nie rozumiem, o czym mówisz...

Zamrugał. Ból głowy nagle zniknął, jakby ktoś go wyłączył.

– Wychowałem się w mieście, byłem jedynym synem przykładnych obywateli – wyrecytował nagle. – Moi opiekunowie byli z poziomu C. Od razu po dziecięcej uczelni poszedłem do szkoły oficerskiej i zdobyłem najwyższe odznaczenie. Potem zostałem odesłany do Wątroby na szkolenie na łowcę, a potem wróciłem do Nerek na kurs śledczego, który zdałem z najlepszym wynikiem...

– Ariel, o czym ty mówisz? – przerwała mu Blanka.

Spojrzał na nią zdumiony.

– To moje życie – stwierdził.

Uniosła brwi.

– Twoje życie?

Kiwnął głową.

– Przecież wcześniej mówiłeś, że wychowywałeś się w domku na plaży i miałeś dużo rodzeństwa – powiedziała. – Te imiona, które wymieniałeś, to są twoi bracia, prawda? A ty jesteś najmłodszy, tak?

– Jestem jedynym synem przykładnych obywateli z poziomu C – powiedział. – Nie wiem o czym ty mówisz. Nigdy nie widziałem plaży. Pochodzę z Nerek.

– Ale...

Stała naprzeciwko niego z niemym wyrazem zdumienia na twarzy. Obrócił się w stronę drzwi.

– Dokąd chcesz teraz iść? – spytała.

– Przejść się.

– W ten deszcz?

– Tak.

Otworzył drzwi. Od razu owionęło go chłodne, wilgotne powietrze. Zrobił krok, a potem zatrzymał się. Popatrzył na nią. Stała na progu i spoglądała na niego z niemym pytaniem, które zawisło na jej ustach.

– Wrócę niebawem.

✶✶✶

Deszcz nadal zacinał. Szedł szybko, z głową nieco pochyloną, nie patrząc na nikogo. Skręcił w znaną aleję i zaraz przystanął. Na ulicy, na wprost siebie, zobaczył cały szwadron wojska. Dowódca twardym głosem wydawał polecenia przez komunikator.

– Wszyscy mają przeszukiwać ulice, ma to wyglądać na oblężenie – powiedział. – Inaczej nasz plan nie wypali.

Ariel błyskawicznie skrył się za murem przy wielkim kontenerze na śmieci i przyczaił się, nasłuchując.

– A teraz rozdzielić się, zaraz zaczniemy nadawanie programu – poinstruował.

– Panie, a jeśli sygnał nie dotrze do obiektu? – zapytał jakiś żołnierz.

– Na pewno dotrze, za długo nad nim pracowaliśmy – odparł dowódca. – Musimy działać szybko. On musi gdzieś tutaj być... A teraz rozejść się!

Żołnierze zasalutowali mu i czwórkami zaczęli się rozpraszać, z karabinami w gotowości. Ariel przyglądał im się z uwagą, oceniając ich broń i kombinezony. Na głowach nosili hełmy, których nigdy wcześniej nie widział. Wcisnął się bardziej za kontener i przykrył brezentem, który leżał na ziemi. Czwórka strażników minęła go, nie spojrzawszy nawet w jego stronę. Kiedy wojsko się rozpierzchło i chodnik opustoszał, Ariel wylazł ze swojej kryjówki i skierował swoje kroki prosto pod blok na osiedlu Blanki. Zobaczył grupkę ludzi, najprawdopodobniej lokatorów, stojących w deszczu na placu. Podszedł do nich ukradkiem, chcąc podsłuchać o czym rozmawiają. Niektórzy płakali.

– To okropne, nigdy jeszcze czegoś takiego tu nie było... – odezwała się jakaś kobieta.

– To jak za najgorszych czasów prześladowań... – podchwycił ktoś inny.

Zerknął na plac, na który patrzyli wszyscy. Na ziemi leżała sterta gratów. Porozwalane szafy, łóżka, wywalone kołdry, ubrania, sprzęty domowe. Wszystko to leżało w błocie i mokło na deszczu.

Wtem usłyszał jak drzwi wejściowe do bloku otwierają się i wychodzi stamtąd grupa strażników.

– Przeszukanie zakończone – oznajmił jeden z nich. – Możecie wrócić do waszych nor. Ale wkrótce znów tu przyjdziemy. A wtedy nie będziemy tacy litościwi.

Ludzie pospuszczali głowy i bez słowa podeszli do stosu gratów, wybierając z nich swoje rzeczy, te, które jeszcze nadawały się do czegokolwiek. Ariel wmieszał się między nich i ukradkiem wszedł do budynku. Wspiął się na drugie piętro. Po drodze widział, że wszystkie drzwi były wyważone, te do mieszkania Blanki także. Wszedł do środka. Meble były poprzewracane, materace rozprute, ubrania porozwalane po podłodze, drobiazgi rozrzucone w nieładzie. Zmarszczył brwi. To wyglądało jak robota amatorów. On by czegoś takiego nie zrobił. On przeszukałby dom tak, aby nie pozostawić po sobie żadnego śladu.

Usłyszał szczęk, kiedy nadepnął na coś. Podniósł nogę i zobaczył porozrzucaną biżuterię, a pośród niej jeden metalowy, okrągły przedmiot, który wyglądał znajomo. Schylił się i podniósł go. To był niewielki medalik z wizerunkiem kobiety. Pamiętał to. Jego matka nosiła taki sam.

Wzdrygnął się. Sam nie wiedział, skąd nagle przyszło mu do głowy to wspomnienie. Przecież wychowywał się w przykładnej rodzinie obywateli z poziomu C, a to ewidentnie należało do chrześcijan. Mimo to schował medalik do kieszeni kurtki.

Wszedł do drugiego pokoju z balkonem. Okno było otwarte, a powiązane prześcieradła nadal wisiały przywiązane do poręczy. Niczego z tego nie rozumiał. Wtem spostrzegł jakiś błysk w oddali. Wyszedł na balkon i spojrzał w tamtym kierunku. Na kilku wieżowcach wyświetlono równocześnie ogromny hologram przedstawiający Wielkiego Rządzącego Nerek, Mira. Był to mężczyzna o krótkich jasnych włosach ze sztucznym urządzeniem przy oku.

– *Uwaga! Uwaga!* – rozległ się jego głos z głośników. – *Chrześcijanie znów atakują nasze miasto! Musimy się przed nimi bronić! Królowa Elena wypowiedziała nam wojnę!*

Ariel zmrużył oczy. Znów zaczęły go boleć skronie. Złapał się za głowę.

– *Królowa Elena wypowiedziała nam wojnę!* – powtórzył Wielki Rządzący. – *Elena sama tego chciała! Musimy się bronić! Musimy zniszczyć chrześcijaństwo i wytępić to robactwo! To wszystko jej wina! To wina Eleny!*

Ariel miał wrażenie, że na dźwięk tego imienia ból głowy coraz bardziej się nasilał.

– Zamknij się... – syknął.

Chwycił się barierek balkonu i zaczął nimi szarpać z całej siły.

– *To Elena...!* – powtórzył mężczyzna z ekranu. – *To ona jest wszystkiemu winna, królowa Elena, Elena...!*

– ZAMKNIJ SIĘ! – wrzasnął Ariel.

Wybiegł z balkonu. Ból głowy stał się nie do wytrzymania, zwalił go z nóg. Zaczął rzucać się po podłodze, wijąc się i jęcząc z bólu.

– *Elena, królowa Oczu Królowej, musi zniknąć, ona i jej świta, Elena i jej śmieszne państwo* – słyszał głos Wielkiego Rządzącego. – *Elena, królowa, oczy...* – powtarzał głos. – *Elena, królowa, oczy... oczy... oczy...*

Ariel zaczął krzyczeć. Miał wrażenie, że głowa pęka mu na pół. Nie wiedział, co się z nim dzieje. Zapadł się w ciemność i nie widział już niczego.

– *ZAMKNIJ SIĘ!*

***

Cicho zakradł się do jej drzwi. Przyłożył ucho, ale nic nie słyszał. Otworzył je. W pokoju było ciemno. Przeszedł kilka kroków. W rogu, przy oknie, stało łóżko, a w nim leżała ona, przykryta kołdrą. Podszedł do niej i popatrzył na nią w milczeniu. Spała, oddychając głęboko, z jedną dłonią przytuloną do policzka. Na moment nachylił się nad nią, słuchając jej oddechu. Potem z kieszeni wyciągnął medalik i położył go na stoliku obok łóżka. Jeszcze raz spojrzał na nią. Zobaczył, że jej twarz zmienia się, a oczy poruszają się. Cofnął się, ale było już za późno.

– Kto tu jest…? – zapytała sennie, podnosząc głowę.

Zapaliła lampkę nocną i spostrzegła go, stojącego nad nią.

– Ariel…?

Usiadła na łóżku, podciągając kołdrę pod brodę.

– Co ty tu robisz? – spytała ostro.

On przestąpił z nogi na nogę. Milczał.

– Ariel, zadałam ci pytanie – powtórzyła. – Co robisz w środku nocy w moim pokoju?

– Przyszedłem się pożegnać – powiedział wreszcie.

– Pożegnać…?

Chwyciła sweter leżący w nogach łóżka i zarzuciła go na siebie.

– O czym ty mówisz?

Ariel spuścił wzrok. Blanka wstała i podeszła do niego, okrywając się swetrem. Pod nim miała długą koszulę nocną. Widział tylko jej bose stopy.

– Ariel? – zapytała. – Co ci jest? Gdzie ty byłeś? Jesteś cały przemoczony…

– Muszę natychmiast wyruszyć do Oczu i ostrzec królową – powiedział nagle. – Grozi jej niebezpieczeństwo. Ktoś chce ją zabić.

– Co…? Kto taki?

– To strażnik, specjalnie do tego szkolony. Nazywa się Jakob, pochodzi z Nerek, był najlepszym żołnierzem na roku. Został wtajemniczony we wszystkie techniki walki.

Ona patrzyła na niego zdumiona.
- Skąd ty to wszystko wiesz? - zapytała.
- Przypomniało mi się nagle - odparł. - A teraz muszę ją ostrzec. Muszę ją ostrzec osobiście, muszę jej to powiedzieć, nie mogę zwlekać... Jeśli jej tego nie powiem, to ona zginie. Ten człowiek to szaleniec, zna wszystkie techniki zabijania, był najlepszym z...

Przełknął ślinę, bo nagle zrobiło mu się sucho w ustach.
- Ariel, czy ty się dobrze czujesz...? - zapytała.

Dotknęła jego ramienia, a wówczas zsunął jej się nieco rękaw swetra, który przyciskała do piersi. Jej koszula miała luźny dekolt. Popatrzył na nią.
- Nie potrafię... - powiedział naraz.
- Co takiego? - zapytała.

Odwrócił od niej wzrok.
- Nie potrafię się przy tobie skupić, zapomniałem, co miałem powiedzieć - odparł szczerze, naraz onieśmielony.

Zobaczył, że w pierwszym odruchu zmieszała się i cofnęła, ale potem, jakby przełamując samą siebie, wyciągnęła rękę i dotknęła jego czoła.
- Ariel, ty masz gorączkę - powiedziała. - Musisz natychmiast się położyć i dostać leki.

Pokręcił głową.
- Muszę już iść, muszę ostrzec królową - powiedział stanowczo.
- W takim stanie nigdzie nie pójdziesz - zaprotestowała. - Przyszedłeś, żeby mi tylko to powiedzieć? To szaleństwo...
- Przyszedłem tu, żeby się pożegnać i oddać ci medalik, który znalazłem w twoim pokoju - powiedział, pokazując na zawiniątko na szafce.
- Byłeś w moim mieszkaniu? - zdziwiła się. - Dlaczego...? Co...?
- Nie radzę ci tam przychodzić, strażnicy wywrócili wszystko do góry nogami. Na razie nie masz do czego wracać - powiedział.

Ona jęknęła.
- Moje... mieszkanie?

– Strażnicy patrolują wszystkie ulice, całe miasto postawione jest na nogi, ogłosili polowanie na chrześcijan, widziałem hologramy, wypowiedzieli także wojnę królowej – powiedział jednym tchem.

Blanka przycisnęła sobie dłonie do ust. Była bardzo blada.

– C-co...?

– Dlatego muszę ją ostrzec, muszę już iść...

Ale zamiast odwrócić się i ruszyć do drzwi, tylko stał i patrzył na nią.

– Boże... – szepnęła Blanka. – Czy to prawda?

– Sama zobacz, wiadomość pojawiła się nawet u kogoś takiego jak ja, z najniższego poziomu – powiedział, otwierając przed nią hologram ze swojej dłoni.

Blanka zobaczyła twarz Mira, Wielkiego Rządzącego Nerek i po chwili rozległ się jego donośny głos wzywający do walki. Ariel pozwolił jej obejrzeć transmisję do końca. Trwało to kilka minut, a potem zaczęła lecieć od nowa. Zamknął hologram i spojrzał na nią.

Blanka usiadła ciężko na łóżku i złapała się za głowę.

– Kiedy to wyemitowano? – spytała słabym głosem.

– Dziś późnym wieczorem – powiedział. – Nie widziałaś...?

– Cały czas pomagałam chorym, a potem wcześnie poszłam spać i...

Ukryła twarz w dłoniach i rozpłakała się.

– Muszę zawiadomić... powiedzieć wszystkim... Mój Boże, co z nami będzie? Co robić? – jęknęła, ocierając łzy wierzchem dłoni. – Przecież nie damy rady stąd uciec... Jak? Boże, jak...?

Ariel patrzył na nią w milczeniu.

– Ci biedni ludzie... moi pacjenci... Co ja im powiem? Jak ja ich uratuję? Mój Boże, to koniec z nami...!

Po czym znów się rozpłakała. Ariel stał niezdecydowany.

– Co potrzebujesz do transportu tych ludzi? – zapytał.

– Co potrzebuję...? – zapytała przez łzy. – Chyba cudu...!

– A gdybyś mogła ich przetransportować, dokąd byś ich teraz zabrała? – zapytał.

– Dokąd...?

Blanka otarła twarz i uspokoiła się nieco.

– Musiałabym mieć do tego autolot i to taki, który pomieści przynajmniej setkę pacjentów i personel, ale to jest niemożliwe...
– A potem gdzie byś ich chciała zabrać?
Ona spojrzała na niego.
– Ty mnie pytasz poważnie, czy żartujesz sobie ze mnie?
– Pytam poważnie.
Blanka wzięła głęboki oddech.
– Do jedynego miejsca, które mogłoby zapewnić nam bezpieczeństwo, do Oczu Królowej – powiedziała.
Popatrzyła na niego, a potem pokręciła głową.
– Muszę zawiadomić Piotra i innych – powiedziała wstając.
– Tylko co ja im powiem? Co my teraz zrobimy...?
Zaczęła chodzić po pokoju. Ariel przyglądał jej się w milczeniu.
– Chwileczkę, ty mówiłeś o jakimś mordercy, który zagraża królowej? – zapytała, przystając.
– Tak, muszę ją ostrzec, królowa jest w niebezpieczeństwie, to zawodowiec – powiedział szybko.
– Ale skąd ty o tym wiesz? Znasz tego człowieka?
– Nie wiem skąd, ale wiem o tym, przypomniałem sobie – stwierdził. – A teraz muszę... muszę... muszę...
Zaciął się. Coś w jego głowie nie pozwalało mu zebrać myśli. Przycisnął pięść do skroni.
– Ariel, posłuchaj mnie, w tym stanie nie możesz nigdzie wyruszać, a królową możemy ostrzec poprzez tajny komunikator, którzy mają nasi bracia w podziemnej bazie chrześcijan. Nie musisz do niej lecieć bezpośrednio, ostrzeżesz ją poprzez wiadomość – zaczęła.
– Ale ty nic nie rozumiesz, ja muszę ostrzec królową osobiście! – zawołał naraz w gniewie. – Jeśli jej nie ostrzegę osobiście, to ona zginie! A muszę jej powiedzieć o wszystkim i...!
– Ariel, spokojnie – powiedziała Blanka, podchodząc do niego. – Powiesz jej to przez komunikator.
Spojrzał na nią ze złością.
– Nie rozumiesz, idiotko, że muszę jej to powiedzieć osobiście, sam, bez świadków, inaczej to nie zadziała?! – krzyknął na nią.

Blanka wzdrygnęła się i cofnęła.

– Ariel, co się z tobą dzieje? – zawołała. – Dlaczego tak się denerwujesz?

Ale zamiast odpowiedzieć, on kopnął z całej siły krzesło stojące obok, a to pękło na pół. Blanka nie straciła zimnej krwi.

– Przestań – powiedziała ostro. – Przestań natychmiast.

On stanął na wprost niej, dysząc z wściekłości. Dłonie zacisnął w pięści. Blanka popatrzyła mu prosto w oczy.

– Mnie też uderzysz? – zapytała twardo.

On patrzył na nią w milczeniu. Wtem zobaczył, że ona unosi brwi zdumiona.

– Ariel, twoje oczy... Twoje źrenice, co się z nimi dzieje? – zapytała.

Wyglądała na bardziej przerażoną stanem jego oczu, niż tym, że przed chwilą rozwalił jej krzesło.

– O co ci znowu chodzi? – burknął.

– Rozszerzają się i zwężają... – powiedziała, przyglądając mu się uważnie. – Nienaturalnie szybko... Ariel, ty masz jakiś atak. Trzeba cię natychmiast podłączyć do leku!

– Nigdzie mnie nie będziesz podłączać! – warknął. – Mam już dosyć tych lekarstw! Ja mam swoją misję!

Spojrzała na niego surowo.

– Przyszedłeś tu w środku nocy jak włamywacz, przeraziłeś mnie tymi okropnymi wieściami, zdemolowałeś mi krzesło i jeszcze masz czelność krzyczeć na mnie, jedyną osobę, która chciała ci udzielić pomocy? – wypomniała mu.

Ariel umilkł momentalnie, a jego gniew wyparował, jakby nigdy go tam nie było. W jego miejscu pojawił się wstyd.

– Ty jesteś chory, nie tylko na ciele, ale i na umyśle – stwierdziła spokojnym tonem. – Teraz to widzę wyraźnie. Jesteś chory z uzależniania. I potrzebujesz pomocy.

– Nie potrzebuję niczyjej pomocy – burknął pod nosem.

Blanka skrzyżowała ramiona na piersi.

– Właśnie widzę.

On podniósł na nią wzrok. Objął spojrzeniem całą jej postać, przyglądając się jej uważnie.

– Ariel.

– Ariel, twoje oczy...

Zatrzymał wzrok na jej oczach.
– Teraz pójdziesz ze mną i podepnę cię do lekarstwa, dobrze? – powiedziała powoli, tonem, jakim przemawia się do dzieci lub umysłowo chorych. – A potem, jak już oprzytomniejesz, powiesz mi dokładnie, kim jest ten zamachowiec, który czyha na królową. O ile oczywiście wszyscy dożyjemy do rana...
Spojrzała na niego krótko.
– A teraz chodź, idziemy...
Zarzuciła na siebie szlafrok, wsunęła buty i wyprowadziła go z jej pokoju. On poszedł za nią, dziwnie otępiały, bez słowa sprzeciwu.

ROZDZIAŁ V

To tracił, to odzyskiwał przytomność. Blanka kazała mu leżeć spokojnie na wyprofilowanym łóżku, ale on nie mógł usiedzieć na miejscu. Jego ciało drgało, rwąc się do biegu, do walki albo ucieczki. Serce biło mu bardzo mocno i cały czas czuł przynaglenie, aby wyruszyć i ostrzec królową.

– Ariel, nie ruszaj się – powiedziała Blanka, podpinając go do maszyny. – Wyrwiesz kabel.

– Ale ja muszę już iść, nie rozumiesz? – syknął. – Muszę już ruszać...!

– Spokojnie, wyruszysz jak trochę dojdziesz do siebie, masz bardzo wysoką temperaturę, muszę ją zbić...

Wtem drzwi do sali, w której podawała mu lek, otworzyły się gwałtownie.

– Och, jesteś wreszcie – powiedziała z ulgą Blanka widząc Sylwestra. – Przytrzymaj go, bo strasznie się rzuca. Ma atak.

Mężczyzna chwycił go za ramiona i docisnął do łóżka. Ariel naprężył wszystkie mięśnie i chciał się wyrwać.

– Dam mu coś na uspokojenie – powiedziała Blanka.

Zobaczył, że nachyla się do niego ze strzykawką. To mu coś przypomniało. Coś strasznego.

– NIE! ODEJDŹ ODE MNIE! – wrzasnął z całych sił.

Blanka odskoczyła od niego, przerażona. Zaraz jednak oprzytomniała.

– Ariel, popatrz na mnie – powiedziała, zbliżając się do niego. – Popatrz mi w oczy, rozpoznajesz mnie? Wiesz, kim ja jestem?

On zastygł na moment, skupiając wzrok na jej twarzy.

– Jesteś tą lekarką... – powiedział. – To mnie tak bolało... Nie rób mi tego – jęknął błagalnie.

Ona dotknęła dłonią jego ramienia.

– Jak mam na imię? – zapytała, patrząc na niego uważnie.

– Vicca – powiedział.

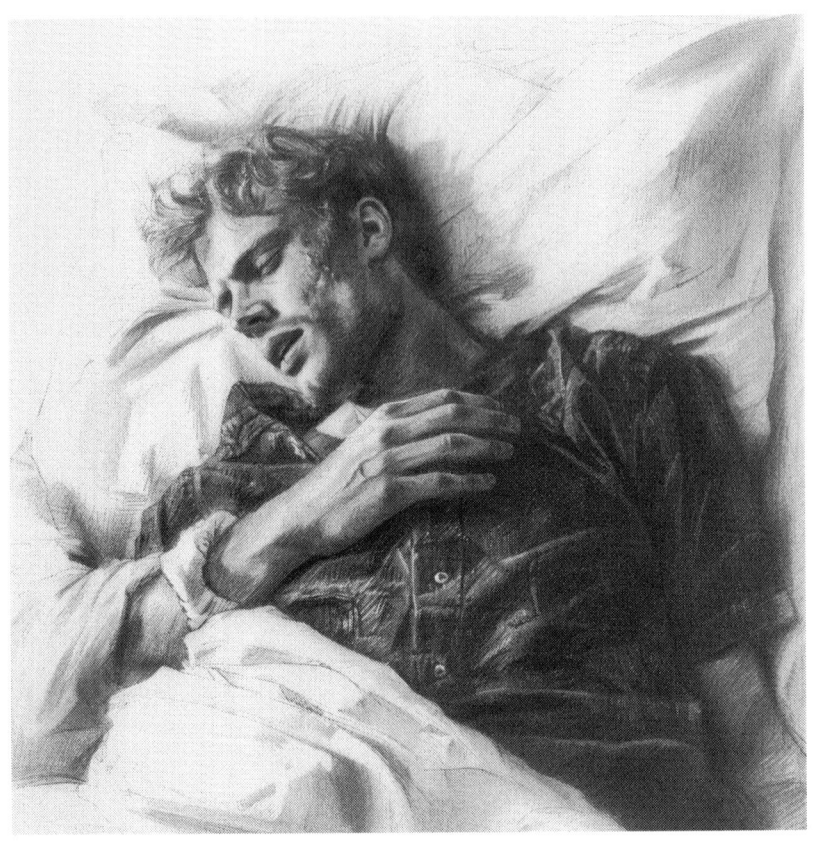

– Chyba... źle ze mną, co?

– Nie, Ariel, mam na imię Blanka, pamiętasz mnie? Jestem Blanka...

Ariel popatrzył bezradnie wokół i znów zaczął się rzucać.

– Tym razem wam się nie uda! Tym razem stąd ucieknę! Ale najpierw was wszystkich pozabijam! – ryknął.

Blanka zareagowała błyskawicznie. Wbiła sprawnie igłę prosto w jego szyję. Ariel krzyknął, kiedy poczuł ukłucie. Wiedział, że zaraz będzie bolało, potwornie bolało, ale zamiast tego poczuł naraz ukojenie. Jego mięśnie zwiotczały, a on uspokoił się. Szaleńcze bicie jego serca zwolniło swój rytm.

– Spokojnie, Ariel, spokojnie – usłyszał jej miękki głos jak z oddali.

Jej twarz wyłaniała się jakby ze mgły.

– Blanka...? – zapytał bezradnie.

Wyciągnął do niej rękę i poczuł, że ona chwyta jego palce. Patrzył na nią, jak otumaniony. Nie wiedział już ani kim jest, ani co się dzieje.

– Chyba... źle ze mną, co? – spytał, opadając powoli na poduszkę.

– Tak, Ariel, źle z tobą – zgodziła się smutno. – Ale wyjdziesz z tego.

– Wyjdę z tego...? – spytał sennie.

– Tak, pomogę ci.

– Dobrze... – zgodził się, zamykając oczy. – Pomóż mi...

✸✸✸

–... się spakowali, powiedziałem im, żeby byli w gotowości.

– Nic niepokojącego się nie działo? – usłyszał głos Blanki.

– Strażnicy kręcą się po całym mieście, sprawdzają wszystkich, ale nie słyszałem, żeby włamywali się do mieszkań. Od czasu do czasu robią naloty, parę osób trafiło do więzienia i kilku potraktowali paralizatorami.

– Co o tym myślisz? Może chcą nas tylko przestraszyć? – zapytała.

– Może, ale po co?

– Rano byli tu strażnicy, na portierni – powiedziała. – Otworzył im Piotr, tak jak się umówiliśmy. Sprawdzili go, zapytali o jego pracę, a potem odeszli. Była ich czwórka, wszyscy z karabinami.

– I tyle? Puścili go? Nie wchodzili do środka?

– Nie.

– Dziwne...

– No właśnie, dziwne.

Ariel otworzył oczy. Zobaczył nad sobą Blankę i jakiegoś pracownika z kuchni. Blanka była ubrana w jasny sweter i ciemnoczerwoną spódnicę, podkreślającą jej smukłe kobiece kształty. Ariel spoglądał na nią dłuższą chwilę, aż w końcu ona zorientowała się, że już się obudził. Nachyliła się nad nim.

– Ariel? – zapytała niepewnie. – Jesteś przytomny?

Pokiwał głową.

– Wiesz, kim jestem? – zapytała przezornie.

On uśmiechnął się lekko.

– Oczywiście, że wiem, kim jesteś – stwierdził. – Jesteś bardzo piękną kobietą, Blanko.

Blanka zamrugała szybko i cofnęła się. Wyglądała na zażenowaną. Mężczyzna stojący obok niej uśmiechnął się wesoło.

– Czyli pacjent wraca do zdrowia – skwitował.

Ariel podciągnął się na łóżku i usiadł prosto. Popatrzył na nich przytomnie.

– Długo spałem? – spytał, jak gdyby nigdy nic.

Blanka przyglądała mu się ze zdumieniem.

– Niczego nie pamiętasz? – zapytała ostrożnie.

– Czego?

– Tego jak przyszedłeś do mnie w nocy... – zaczęła.

Ariel natychmiast się ożywił.

– Przyszedłem do ciebie w nocy? – zapytał. – I co, wpuściłaś mnie?

Myślał, że to żart, więc uśmiechnął znacząco, ale ona była poważna.

– Spałam, a ty wszedłeś do mojego pokoju – powiedziała. – Przyniosłeś mi medalik, który znalazłeś w moim mieszkaniu.

– Medalik? Jaki medalik?

– Ten – powiedziała, nachylając się nad nim i pokazując na swoją szyję. – Myślałam, że go zgubiłam, kiedy uciekaliśmy, ale ty go potem znalazłeś...

Ariel przyjrzał się medalikowi.

– Ach, przypominam sobie – powiedział. – To taki sam, jaki miała moja matka.

– Twoja...?

Spojrzała na stojącego obok niej mężczyznę, a ten tylko wzruszył ramionami.

– Przecież mówiłeś, że twoi rodzice byli przykładnymi obywatelami z poziomu C...

Ariel skrzywił się.

– Żartujesz sobie? Przecież moi rodzice byli biedni, mieszkaliśmy w drewnianym domu na plaży.

– Ale...

Potrząsnęła głową.

– A co z tym zamachowcem, który zagraża królowej? – zapytała.

– Jaki zamachowiec? – zdziwił się.

– Ten morderca, Jakob. Mówiłeś, że musisz wyruszyć do Oczu Królowej i ostrzec Elenę.

Ariel popatrzył na nią zdumiony.

– Ja tak mówiłem? – zapytał. – Chyba ci się coś pomyliło.

Ona powoli pokręciła głową.

– Nie, Ariel, nic mi się nie pomyliło...

Ariel patrzył to na nią, to na tego mężczyznę stojącego obok.

– Ale... Ja nic z tego nie rozumiem...

– Ja już też coraz mniej... – stwierdziła.

Popatrzyła na swojego towarzysza.

– Rajmundzie, może zostaw nas na chwilę samych, dobrze? – powiedziała do mężczyzny.

– Pewnie, gdybyś czegoś potrzebowała, dzwoń na alarm – odparł i wyszedł.

Blanka zbliżyła się do jego łóżka i usiadła na brzegu. On popatrzył na nią uważnie. Przyglądała mu się w milczeniu.

– Twoje oczy się zmieniły – stwierdziła. – Są na powrót jasnoniebieskie i spokojne.

– A były inne? – zapytał.

– Tak, twoje źrenice rozszerzały się i zwężały, a tęczówki stały się ciemnogranatowe – powiedziała. – Naprawdę nie pamiętasz tego, jak przyszedłeś do mnie w nocy?

– Nie zapomniałbym czegoś takiego... – powiedział z uśmiechem.

Pokręciła głową.

– Wtedy byłeś inny, agresywny, krzyczałeś na mnie…

– Krzyczałem na ciebie? – zdumiał się. – To na pewno nie byłem ja…

– Rozwaliłeś mi krzesło kopniakiem…

– Co…?

– I chciałeś ruszać od razu do Oczu, żeby ostrzec królową przed zamachowcem – dokończyła.

Ariel potarł skroń.

– Przecież to idiotyzm – stwierdził. – Po co miałbym tam wyruszać, nie mam nawet autolotu.

Ona milczała. Popatrzył na nią niepewnie.

– Blanko, a czy… nie zrobiłem ci żadnej krzywdy? – zapytał cicho.

– Nie – odparła uspokajająco. – Tylko mnie nastraszyłeś.

Milczał przez chwilę.

– Przepraszam cię za to – mruknął. – Ale ja nic nie pamiętam.

– Wiem… – odparła, biorąc głęboki oddech. – Wiem i rozumiem. Będziemy podawać ci różne leki i obserwować jak na nie reagujesz, żeby zobaczyć, co ci jest. To jakieś poważniejsze uszkodzenie mózgu, nie wiem co dokładnie…

Ariel spojrzał na rurkę, pod którą był podczepiony.

– Jak długo już tak leżę podpięty? – spytał.

– Kilka godzin – powiedziała. – Zmienialiśmy ci tylko woreczki, ale lek cały czas w tobie krążył. Byłeś w strasznym stanie i byliśmy przekonani, że możesz dostać szału, zrobić sobie krzywdę lub komuś z nas…

– Blanko, ja… – jęknął bezradnie.

Spojrzał na nią ze wstydem.

– Wiem – powiedziała łagodnie. – To jest choroba i to można wyleczyć, ale potrzeba na to czasu. Choć nie wiem, czy na tę chwilę go posiadamy…

Westchnęła i spojrzała przez okno.

– Sytuacja jest nadal napięta.

– Co masz na myśli? – zapytał.

– Strażników, to wieczorne orędzie, to wszytko co się dzieje w mieście.
– A co się dzieje?
Popatrzyła na niego.
– Przecież sam mi pokazywałeś...
Uniósł brwi.
– Na twoim identyfikatorze, nie pamiętasz...? To orędzie Wielkich Rządzących ogłaszających wojnę z królową Eleną.
– Co takiego?
Ariel uruchomił hologram na swojej dłoni i zaczął przeszukiwać jego zawartość. Rzeczywiście pojawiło się tam jakieś orędzie. Włączył je i zobaczył twarz Mira, Wielkiego Rządzącego Nerek. W chwili, kiedy Mir otworzył usta i zaczął mówić, coś zaczęło się z nim dziać. Zaczęła go boleć głowa, zrobiło mu się słabo, a ręce zaczęły mu drgać.
– Ariel, co ci jest...? – spytała Blanka, wyciągając do niego ramię.
Ariel zamknął oczy. Głos Mira wwiercał mu się w czaszkę. Jego słowa przypomniały mu o czymś, o czym zapomniał.
– Muszę ostrzec królową – powiedział cicho, nie otwierając oczu. – Muszę ostrzec Elenę.
Otworzył oczy. Blanka wciągnęła ze świstem powietrze.
– Twoje źrenice...! – zawołała. – Ariel, wyłącz to! Wyłącz ten hologram!
Wyciągnęła dłoń, aby dotknąć jego przedramienia, ale on cofnął rękę.
– Ariel.
Walczył ze sobą. Jedna jego część chciała się poddać, ale druga chciała postawić na swoim. Ona łagodnie dotknęła jego ramienia.
– Ariel, daj mi rękę.
Oddychał coraz szybciej, a głosy w jego głowie stawały się coraz głośniejsze.
– Ale ja muszę ją ostrzec, muszę natychmiast wyruszyć...
– Tak, wiem, wyruszysz, ale teraz daj mi rękę.
Patrzył wprost na nią. Sam już nie wiedział, kogo widzi. Przypominała mu inną kobietę, równie piękną, ale nie tak miłą.

Blanka pogładziła go po ramieniu. Była bardzo delikatna. Zamknął oczy. Poczuł, że pod wpływem jej dotyku zaczyna się uspokajać. W końcu dał za wygraną. Opuścił ramię, a ona wyłączyła mu hologram. Gdy tylko umilkł głos Wielkiego Rządzącego poczuł, że i w jego głowie zrobiło się jakby ciszej. Odetchnął głęboko.

– A teraz skasuj to – powiedziała spokojnie, ale stanowczo. – Skasuj ten film ze swojego identyfikatora.

– Ale...

Otworzył oczy i spojrzał na nią.

– Skasuj to, Ariel.

Zrobił, jak mu kazała. Patrzyła na niego długo.

– Powiedz mi, jak się teraz czujesz? – zapytała.

– Boli mnie głowa.

– Co jeszcze?

– Chce mi się pić.

– A wiesz, kim ja jestem? – spytała.

Westchnął i potarł skronie. Milczał.

– Ariel, powiedz jak mam na imię – poprosiła.

Przełknął ślinę.

– Nie potrafię sobie przypomnieć... – mruknął. – Nie potrafię...

– To nic, nie przejmuj się – powiedziała. – Ale wiesz kim jestem, prawda? Pamiętasz mnie?

Podniósł na nią wzrok. Przyglądał jej się dłuższą chwilę.

– Ariel...?

– Dlaczego chodziłaś na ten cmentarz? – zapytał naraz.

Ona drgnęła.

– Słucham? – spytała zdumiona.

– Tam był taki pomnik ofiar zamordowanych na pogańskich świętach – powiedział. – Widziałem cię jak siedziałaś na ławce i płakałaś. Tam zginęli jacyś bliscy ci ludzie, prawda?

Zobaczył, że twarz jej się zmienia. Najpierw pobladła, a potem na policzki wbiegł jej rumieniec, a oczy jej się zaszkliły.

– A więc śledziłeś mnie... – szepnęła.

– Zobaczyłem cię z oddali, to tyle – odparł. – Nie chciałem ci przeszkadzać, to potem poszedłem.

– A następnego dnia przyszedłeś wcześniej na cmentarz, prawda? – podchwyciła.
Kiwnął głową.
– Dlaczego nagle teraz ci się to przypomniało?
Wzruszył ramionami.
– Nie pamiętasz jak mam na imię, ale pamiętasz, że byłeś ze mną na cmentarzu? – spytała.
Uśmiechnął się półgębkiem.
– Przecież wiem, jak masz na imię.
– Jeszcze chwilę temu nie wiedziałeś.
– Nieprawda, ja zawsze wiem jak masz na imię – odparł. – Blanko.
– Wcześniej nazwałeś mnie Vicca – powiedziała.
– Jak? – zdziwił się. – Kto to jest?
– Nie wiem, ty mi powiedz.
Opadł na poduszkę i westchnął.
– Nie przypominam sobie nikogo o takim imieniu – stwierdził.
– Och, Ariel – Blanka pokręciła głową. – Myślę, że jeszcze wiele spraw w swoim życiu nie potrafisz sobie przypomnieć.
Spojrzał na nią.
– Naprawdę przyszedłem do ciebie w nocy jak spałaś? – spytał po chwili.
– Tak.
– Szkoda, że tego nie potrafię sobie przypomnieć…
Zerknął na nią, uśmiechając się ukradkiem. Ona tylko przewróciła oczami. Zaraz jednak spoważniał.
– Blanko, mówiliście coś o strażnikach patrolujących ulice… Co się stało? – zapytał.
– To przez to orędzie – powiedziała. – Wojsko Wielkich Rządzących zostało zmobilizowane, sprawdzają wszystkich. Boję się, co będzie z nami. Niektórzy tutaj nie mają identyfikatorów, leczymy wszystkich, nie tylko oznaczonych, również tych całkiem poza systemem.
– Ale dlaczego tak nagle? Coś się stało?
Blanka spojrzała przez okno. Przez moment nic nie mówiła. On patrzył na jej profil, oświetlony z jednej strony bladymi promie-

niami słońca, które przedzierały się między szarymi chmurami. Wyglądała na smutną, zamyśloną i zaniepokojoną.

– Blanko...? – zapytał cicho. – Coś wam grozi?

Pokręciła głową. Zobaczył łzę spływającą z jej policzka. Otarła ją palcami.

– Nam zawsze będzie coś grozić – szepnęła, nie patrząc na niego.

– Wam?

– Chrześcijanom...

Spojrzała na niego. Uśmiechnęła się smutno.

– To zawsze tak będzie, teraz to sobie uzmysłowiłam – powiedziała gorzko. – Tu, na tym świecie, nam zawsze będzie coś zagrażać. Nigdy nie zaznamy spokoju. Dopiero tam, w niebie...

Westchnęła i na moment przymknęła oczy. Ariel obserwował ją z uwagą.

– Tam dopiero odpoczniemy.

Zapadło milczenie.

– Mogę wam jakoś pomóc? – zapytał.

Pokręciła głową.

– Nawet nie wiem jak...

Ukryła twarz w dłoniach.

– Nie wiem jak, rozmawiałam z Piotrem, z Wiktorią i z innymi, ale każdy z nich ma inny pomysł. Jedni chcąc uciekać, inni pozostać.

– A ty? – spytał.

Spojrzała na niego przez palce.

– Ja zostanę, co innego mogę zrobić? Nie zostawię przecież moich pacjentów...

Poruszył się niespokojnie.

– Nie musisz się przecież tak poświęcać, możesz uciec, uratować się, skryć się gdzieś...

– Gdzie?

– Gdzieś, gdzie będziesz bezpieczna – powiedział. – Mogę ci pomóc...

Spojrzała na niego.

– A co z tymi, którzy nie mogą wstać z łóżek? Mam ich zostawić na pewną śmierć?

Nie odpowiedział.
- Kto o nich pomyśli...?
- A kto pomyśli o tobie? - zapytał.
Prychnęła.
- Ja nie jestem taka ważna, żeby o mnie myśleć - odparła.
- Jak to nie...?
Wyciągnął ramię i dotknął jej dłoni. Ona podniosła na niego oczy.
- Jak to nie...?
Zobaczył, że znowu ma łzy w oczach.
- Boję się - powiedziała cicho. - Boję się, bo nie wiem, co nas czeka. Myślałam, że po tym jak zginęła część Wielkich Rządzących z ich Szefem na czele, a Oczy Królowej zostały ponownie przejęte przez króla i królową, teraz nastanie pokój. A przynajmniej nas, chrześcijan, zostawią w spokoju. Ale...
Przełknęła ślinę.
- Teraz znów jest tak samo... Nie wiem, co mam o tym myśleć... Byłam pewna, że czasy prześladowań już nie wrócą, ale...
Ariel patrzył na nią bez słowa.
- To dlatego założyłam ten ośrodek - powiedziała naraz. - Kiedy nastroje się odmieniły i zrobiła się wyrwa w szeregach Wielkich Rządzących, ludność chrześcijańska bardziej się ożywiła, a władze zaczęły patrzeć na nas łagodniej. Myślałam, że... Och, myślałam, że najgorsze już minęło...! - wyrzuciła z siebie z bólem.
- Nie chcę, żeby znowu wrócił ten koszmar, te polowania na chrześcijan, donosicielstwo, restrykcje, zakazy... W końcu zabiorą nam wszystko, łącznie z życiem!
Rozpłakała się. Ariel patrzył na nią w milczeniu. Blanka wzięła jakąś chusteczkę ze stolika obok łóżka i wytarła twarz.
- Zresztą po co ja ci to wszystko mówię, co cię to może obchodzić, ty nawet nie jesteś jednym z nas...
Pokręciła głową i uspokoiła się.
- Nieważne... - westchnęła. - Musimy po prostu zaufać Bogu do końca. Nie mamy innego wyjścia. Jeśli nie zaufamy, pozostanie nam już tylko rozpacz... A z rozpaczy nie ma drogi ucieczki...
Spojrzała na niego. On patrzył na nią poważnie.

– Trochę się rozgadałam...

– Trochę się rozgadałam, co? – stwierdziła. – A powinnam już dawno pójść do innych pacjentów...

Spojrzała na przezroczysty woreczek, do którego był podpięty.

– Skończył ci się lek.

Wstała i zaczęła odpinać rurkę od jego ramienia, a potem zasklepiła ramię opatrunkiem. Zerknęła na niego.

– Nic nie mówisz... – stwierdziła.

– Bo myślę – odparł.

– A o czym?

– O tym, co mi powiedziałaś.

Blanka zatrzymała się przed nim.
- Chciałbym ci jakoś pomóc.
Ona wyglądała, jakby się zastanawiała nad czymś.
- A jak twój brzuch? Nadal swędzi? - spytała, zmieniając temat.
Ariel podciągnął koszulkę.
- Nie wiem, nie myślałem o tym...
Blanka nachyliła się nad nim i dotknęła jego ciała.
- Jest o wiele lepiej - stwierdziła, sprawdzając jego skórę. - Smarowałeś się tą maścią, którą ci dałam?
- Zapomniałem...
Uśmiechnęła się słabym, zmęczonym uśmiechem.
- To na początek, jeśli chcesz mi w czymś pomóc, posmaruj się i rób to regularnie, dobrze?
- Dobrze - odparł. - Pani doktor...
Jej uśmiech poszerzył się. Widząc to, on również się uśmiechnął.
- Teraz muszę już iść - powiedziała, prostując się.
- Ale przyjdziesz jeszcze? - zapytał szybko, zanim zdążyła zrobić krok ku wyjściu.
- Oczywiście, muszę nadzorować twój stan - odparła.
Ariel patrzył jak sprząta ze stolika chusteczki i zużyte strzykawki, po czym wrzuca to do utylizatora. Obserwował jej twarz, to jak schyla się po coś z podłogi, to jak poprawia włosy i zaczesuje je za jedno ucho. Coś w jego wnętrzu drgnęło, rozczuliło się. Bezwiednie złapał się za serce.
- Coś ci jest? - spytała, widząc, że zaciska pięść na materiale koszuli.
Pokręcił głową.
- Pójdę się posmarować tą maścią - stwierdził, wstając z łóżka.
- Ariel, może dla bezpieczeństwa nie wychodź przez jakiś czas z ośrodka - powiedziała, podchodząc do niego. - A przynajmniej dopóki nadal są te patrole...
Obejrzał się na nią. Była sporo niższa od niego. Czołem sięgała jego ust.
- Dobrze.

Ale zamiast iść, stał tak i patrzył na nią. Ona uniosła brwi.

– To może już pójdę – stwierdziła, uśmiechając się niezręcznie.

Wzięła ze sobą pusty stojak i wyszła z sali. Ariel odprowadził ją wzrokiem. Stał jeszcze chwilę, patrząc w przestrzeń. W końcu otrząsnął się z tego dziwnego odrętwienia i poszedł do swojego pokoju. Znalazł maść, która leżała na stoliku obok łóżka i podciągnął koszulkę, smarując się dokładnie. Nie patrzył jednak na siebie, patrzył w okno.

Wtem zamarł z jedną dłonią przyciśniętą do brzucha. Zobaczył idący chodnikiem patrol strażników, około dziesięciu, każdy z karabinem w pogotowiu. Ich dowódca hologramowym czytnikiem sprawdzał każdego przechodnia. Naraz przystanęli tuż przed ośrodkiem. Dowódca coś do nich powiedział, a ci rozproszyli się. Zaczęli okrążać budynek. Ariel zamarł. Dowódca powiedział coś do swojej dłoni, hologram zabłysnął i ukazał się trójwymiarowy obraz Mira, Wielkiego Rządzącego Nerek.

– *Królowa Elena to nasz wróg!* – zagrzmiała hologramowa postać. – *Musimy ją zniszczyć! Zniszczyć Oczy Królowej! Zniszczyć chrześcijaństwo!*

Ariel złapał się za serce. Przyjemne rozrzewnienie, którego doświadczył obserwując Blankę, natychmiast z niego wyparowało, a na jego miejscu pojawił się niepokój, strach i rozgorączkowanie. Jego umysł starał się zrozumieć, dlaczego oni emitują ten hologram właśnie przed tym budynkiem i czemu go okrążają, ale jakby na przekór temu jego emocje zaczęły mu podpowiadać, aby uciekał i to czym prędzej.

„Ale Blanka powiedziała, żebym się stąd nie ruszał" – przypomniał sobie.

„Ale Blanka cię zdradzi, ona chce cię zniszczyć!" – podpowiedział mu inny głos.

Ariel chwycił się parapetu. Zobaczył, że żołnierze skradają się do okien. Zaczęli emitować ten sam hologram z Mirem.

„Co oni robią…?" – myślał intensywnie, ale w miarę jak słuchał tego głosu, jego rozum zaczął spowalniać.

– *Elena to wróg! Zniszczyć Elenę! Zniszcz ją! Zabij ją!* – usłyszał, jakby to było kierowane bezpośrednio do niego.

Zaczął się trząść. Obejrzał się za siebie.

– Blanko...! – zawołał.

Czuł, że dzieje się z nim coś niedobrego, ale nie potrafił rozeznać, co to takiego.

– Blanko!

Usłyszał jej kroki. Był coraz bardziej rozdygotany. Jego dłonie tak mocno ścisnęły parapet, że zaczęły go kruszyć.

– Blanko, pomóż mi...!

– Ariel, co się...?

Wpadła do jego pokoju, a on podniósł na nią wzrok. Jego umysł natychmiast się wyklarował.

– A ty, co tu robisz? – warknął na nią.

Kobieta zesztywniała.

– Ariel...? Co się dzieje? Masz atak? Jak to możliwe? Przecież jeszcze przed chwilą...

Ariel odsunął się od parapetu.

– Za długo już mnie tu więzicie – powiedział, podchodząc do niej. – Myśleliście, że się nie domyślę, ale ja was przejrzałem. Wiem, kim wy jesteście, wy mordercy...

Kobieta cofnęła się.

– Kim jesteś? – spytała go.

On zaśmiał się ochryple.

– Teraz ty się mnie boisz, tak? I bardzo dobrze, należy ci się! – powiedział ostro.

– Nie boję się ciebie – powiedziała.

– Nie boisz się mnie? – spytał podchodząc do niej. – Nie boisz się, co cię czeka za to, co mi zrobiłaś?

– A co ci takiego zrobiłam? – spytała.

– Już nie pamiętasz? – syknął. – Już nie pamiętasz, co mi wstrzykiwałaś, żebym był posłuszny, ty wiedźmo!?

Kobieta tyłem wycofała się na korytarz. Nie spuszczała go z oczu.

– Jak masz na imię? Nie przypominam sobie ciebie – powiedziała poważnie.

– Nie przypominasz sobie mnie? Przecież dobrze wiesz, kim jestem...

– Nie znam cię – odparła twardo. – Gdzie jest Ariel?

– Ariel? Ten mięczak? – prychnął. – Ariel dawno nie żyje…
– Nie żyje? Jeszcze przed chwilą z nim rozmawiałam – powiedziała. – Chcę go znowu zobaczyć.

Pokręcił głową.

– Nie ma mowy, teraz ja tu rządzę – warknął.
– A więc Ariel nadal żyje – podchwyciła. – Gdzie on jest?
– A co on cię tak interesuje? To słabeusz…
– To nie jest słabeusz, to mój dobry znajomy – powiedziała.

On cały czas szedł w jej stronę, a ona cofała się, bacznie mu się przyglądając.

– On nie ma znajomych – mruknął. – On jest sam.
– Tak jak ty? – zapytała.
– Ja muszę być sam – powiedział. – Ja mam swoją misję.
– Jaką?
– Muszę ocalić chrześcijańską królową, muszę wyruszyć do jej pałacu i ostrzec ją przed zamachowcem – powiedział.
– Przed Jakobem?

Zatrzymał się.

– Skąd go znasz?
– Był tutaj… – napomknęła.
– Był tu? – zdziwił się. – I co chciał?
– Nie powiem ci – odparła.
– I nie zabił cię?
– Jak widzisz…

Przekrzywił głowę w bok.

– Musiałaś mu się spodobać, skoro cię nie zabił – stwierdził. – Pewnie go oczarowałaś, żeby ci jadł z ręki, tak jak to robią wszystkie wiedźmy.
– Ja nikogo nie czaruję – odpowiedziała. – Nie jestem wiedźmą. Choć kiedyś byłam w świątyni… – dodała.
– A więc jednak masz w sobie coś z wiedźmy – stwierdził. – Tego się nie zapomina, prawda? Swoich sztuczek…
– Tak jak ty nie zapomniałeś, jak to jest mordować, prawda? – odparowała, nie tracąc ani trochę hartu ducha.

Wtem rozległy się jakieś krzyki na dole. Kobieta spojrzała w dół klatki schodowej.

– ...natychmiast! – usłyszeli przytłumiony męski głos. – Wszyscy wychodzić z budynku!
– Ale tu są chorzy, ich nie można przenosić! – usłyszeli drugi głos.
– Piotr... – jęknęła kobieta. – Nie... To strażnicy...!
On sięgnął po coś do pasa, ale nie miał przy sobie broni.
– Jak to...? – zdziwił się.
– Wszyscy wychodzić, inaczej będziecie rozstrzelani na miejscu! – warknął strażnik.
– Nie...!
Kobieta przycisnęła dłoń do ust. Spojrzała na niego tak, jakby w pierwszym odruchu szukała u niego pomocy. On drgnął zaskoczony. Zaczął sobie coś przypominać.
– Blanko, co się dzieje...? – zapytał.
– Ariel, to strażnicy!
Usłyszeli kroki, harmider i krzyki. Ariel dopadł do schodów i spojrzał w dół. Pacjenci byli siłą wywlekani ze swoich pokojów i wyprowadzani na zewnątrz.
– Szybciej! – grzmiał dowódca strażników. – Bierzcie ich! On musi tu gdzieś być!
Blanka spojrzała na Ariela, a on podchwycił jej spojrzenie. Nie powiedziała ani słowa, ale zrozumiał, co miała na myśli. Podbiegł do pierwszej sali, która była tuż obok i chwycił w dłonie długi drążek z kółkami, na którym podawano mu lek. Tak uzbrojony wybiegł na klatkę schodową.
– Ariel, nie...! – jęknęła za nim Blanka.
– Ukryj się – powiedział do niej.
– Nie idź do nich!
– Oni przyszli po mnie, ukryj się – nakazał jej twardo.
Zaczął przeskakiwać po stopniach, trzymając przed sobą drążek jak lancę. Na jego widok strażnicy, którzy przed chwilą szarpali się z jakimś sanitariuszem, znieruchomieli.
– To on, łapcie go! – ryknął dowódca.
Strażnicy wymierzyli w niego paralizatorami i strzelili. On tylko na to czekał. Z całej siły cisnął drążek przed siebie i skoczył w bok. Niebieskie światła paralizatorów przeleciały tuż nad jego głową. Usłyszał huk i jęk. Metalowy pręt powalił na ziemię jednego

żołnierza. Reszta rozproszyła się. Pacjenci zaczęli krzyczeć, a strażnicy strzelać. Ariel znów im uskoczył. Schował się za drzwiami kuchni, a potem wbiegł do środka. Porwał z pieca wielką metalową pokrywę na garnek, a w drugą rękę złapał kuchenny tasak. Uchylił lekko drzwi. Promienie z paralizatorów poleciały znów w jego stronę, ale on odbił je pokrywą jak tarczą, a te ugodziły w nadbiegającego strażnika. Mężczyzna zaczął się trząść, a potem zesztywniał i jak kłoda runął na wznak. Jeden ze strażników złapał za pistolet i chciał go zastrzelić, ale dowódca natychmiast podbił mu rękę i strzał zamiast w niego, trafił w sufit.

– Nie! – warknął dowódca. – Ma być żywy, zapomniałeś?!

Ariel nie wahając się, cisnął tasakiem prosto w dowódcę. Ten w ostatniej chwili osłonił się ramieniem i tasak utkwił w jego ramieniu, zamiast w twarzy. Wrzasnął z bólu. Reszta żołnierzy ruszyła na niego. Ariel znów wpadł do kuchni, zebrał garść noży i kolejną pokrywę. Strażnicy wparowali do środka, a on na przywitanie rzucił nożem w najbliższego żołnierza. Trafił go prosto między oczy. Żołnierz padł martwy. Reszta wystrzeliła z paralizatorów. Ariel zasłonił się pokrywą i skoczył za piec, chowając się przed ich ciosami. Tamci pobiegli za nim. On nie czekał aż będą blisko. Wyrzucał noże jeden za drugim, trafiając ich w kolana, barki i brzuchy. Był bardzo szybki. Jego ciało działało jak automat, nawet nie myślał o tym co robił, po prostu wiedział jak rzucić, żeby trafić, jak skoczyć, żeby nie zostać trafionym. To tkwiło gdzieś w nim zakodowane.

Kiedy skończyły mu się noże, rzucił pokrywą od garnka, trafiając najbliższego żołnierza w grdykę. Tamten nawet nie zdążył krzyknąć. Ariel podbiegł do niego, wyrwał mu karabin z jego jeszcze zaciśniętych dłoni i zaczął strzelać. Reszta strażników, która pozostała przy życiu, na ten widok zaczęła uciekać w popłochu. Ariel rzucił się za nimi w pogoń. Wiedział, że musi pozbyć się wszystkich, aby nie było żadnych świadków. Zastrzelił tego, który pierwszy chciał otworzyć komunikator. Głos uwiązł mu w gardle, zanim dobrze zdołał go z siebie wydobyć. Ariel przeskoczył nad jego ciałem i dopadł kolejnego, strzelając mu w plecy. Nawet się nie obejrzał, żeby sprawdzić, czy trafił, wiedział, że już nie żyje. Dokładnie policzył ich w głowie. Dziewięciu. Został się jeszcze

Nawet się nie obejrzał, żeby sprawdzić, czy trafił...

jeden. Ujrzał go jak wypada z kuchni i biegnie korytarzem. Ariel wyskoczył za nim. Przyłożył z karabinu, ale tamten nagle wbiegł pomiędzy przerażonych pacjentów. Ariel strzelił w nogi. Kula o milimetry minęła nogę jakiegoś staruszka i trafiła żołnierza w kostkę. Strażnik runął na ziemię. Ariel dopadł do niego błyskawicznie. Stanął jednym butem na jego piersi i przytknął lufę karabinu do jego szyi.

– Dlaczego na mnie polujecie? – zapytał chrapliwie.

Tamten popatrzył na niego z przerażeniem.

– Nie, nie, błagam…!

– Dlaczego chcecie mnie żywego, gadaj! – warknął.

Tamten przełknął ślinę. Zobaczył, że palcem dotyka swojego identyfikatora. Ariel strzelił mu w ramię, ale było za późno, hologram wyświetlił się. Zobaczył przed sobą Mira, Wielkiego Rządzącego.

– *Elena, trzeba się jej pozbyć…* – powiedziała postać.

Ariel zamarł.

– *Trzeba zniszczyć jej królestwo, zniszczyć Elenę, ona jest najgorsza z nich wszystkich, to najgorsza wiedźma…*

Ariel upuścił karabin. Patrzył w hologram jak zahipnotyzowany.

– *Trzeba, aby jedna osoba zginęła, by uratować cały świat* – mówiła dalej postać. – *Trzeba wyplenić to zło, to robactwo…*

– Ariel! – zawołała nagle jakaś kobieta. – Ariel, nie!

Nie miał pojęcia, kogo ona wołała i czemu biegła w jego stronę.

Przecież on nazywał się Jakob.

Strażnik tymczasem wyczołgał się spod jego buta i ruszył ku wyjściu. Hologram zniknął razem z nim. Ariel nawet nie zareagował.

– Ariel, coś ty zrobił?!

Szarpnęła go za ramię, ale on ledwo zwrócił na to uwagę.

– ARIEL!

Wtem usłyszał jakiś dźwięk. Zareagował instynktownie. Schylił się łapiąc za karabin, jednym ruchem ramienia obrócił kobietę za siebie i strzelił. Trafił prosto w głowę dowódcy, ostatniego, który pozostał przy życiu, a który czaił się w rogu korytarza i do niego mierzył. Kobieta krzyknęła. Dowódca padł martwy. Wokół zrobiło się bardzo cicho.

Usłyszał szloch. Obejrzał się. Kobieta płakała. Reszta pacjentów zaczęła powoli wyglądać ze swoich pokoi. Na ich twarzach malowało się przerażenie.

– Jezu Chryste… – szepnął lekarz, wychodząc do przodu. – Mamy u siebie dziesięć trupów strażników…

– Dziewięć – poprawił go. – Jeden uciekł.

– Niech cię szlag... – syknął na niego lekarz. – Człowieku, w coś ty nas wpakował? Po czymś takim możemy pożegnać się z ośrodkiem. I z życiem!

Pacjenci zaczęli szeptać między sobą przejętymi głosami. Kobieta nadal płakała.

– Oni przyszli tylko po mnie – powiedział. – Wam nic nie zrobią.

– Nam nic nie... Słyszeliście go? – Piotr zawołał sarkastycznie. – Nam strażnicy nic nie zrobią! Możecie wracać do łóżek i spać spokojnie!

Podszedł do niego, ale stał w pewnej odległości zerkając niepewnie na jego karabin, który wciąż trzymał przed sobą.

– Ja wiedziałem, że przyprowadzanie tu kogoś takiego jak ty to był zły pomysł, ale oczywiście nikt nie chciał mnie słuchać, prawda? – syknął, patrząc na płaczącą kobietę. – A teraz masz, co chciałaś. Sama widzisz, co narobił! Lada chwila zjawi się tu kolejny oddział, który nas wszystkich wystrzela. Możesz za to podziękować swojemu koledze, który tak pięknie nas urządził!

– Och, Ariel, coś ty narobił...? – jęknęła kobieta.

On spojrzał na nią. Coś sobie zaczął przypominać.

– Ilu masz pacjentów w ośrodku? – zapytał ją.

Ona popatrzyła na niego bezradnie.

– O czym ty mówisz?

– Ilu masz pacjentów łącznie z personelem?

– A jakie to ma znaczenie? – zapytała.

– Ilu? – powtórzył z naciskiem.

– Stu pięćdziesięciu trzech – odparł lekarz. – A co, obliczasz ile dostaniesz punktów za wydanie tylu chrześcijan?! – warknął.

– Nie – powiedział twardo. – Pakujcie się. Zabieram was stąd.

– Co? – zawołało równocześnie kilka głosów.

– Dzięki, ale skoro już mamy umrzeć, to umrzemy sami, bez twojej pomocy! – zawołał Piotr.

Ariel obrócił się do kobiety, która wciąż stała za jego plecami

– Blanka – powiedział, przypominając sobie wreszcie jej imię. – Proszę, spakujcie się, zabiorę was stąd.

– Dokąd? – jęknęła.
– Do Oczu Królowej.
– Cooo? – rozległy się zduszone okrzyki.
Blanka patrzyła na niego oszołomiona.
– Tylko zdobędę autolot. Dajcie mi godzinę. Wrócę tu niebawem, a wy bądźcie gotowi.
– Ariel, ty zwariowałeś – szepnęła Blanka. – Zwariowałeś, oni ci coś zrobili z głową.
– Tak, zrobili mi, ale… – urwał, próbując zebrać myśli. – Ale już coraz więcej sobie przypominam. Nie mogę tu zostać i wy także. Oni będą chcieli mnie zdobyć. Jestem ich najlepszą bronią.
– Co? Ariel, o czym ty mówisz? – zapytała.
Spojrzał na nią, a potem na otaczający ich tłum, a potem znów na nią. Chciał jej powiedzieć naraz wiele rzeczy, ale wiedział, że nie mógł. Nie przy tylu świadkach. Denerwował się, bo wiedział, że nie jest zbyt wiarygodny, a chciał, aby przynajmniej ona mu uwierzyła.
– Proszę – powiedział, przełykając ślinę. – Zaufaj mi… – wydusił z siebie.
Ona patrzyła na niego zdumiona.
– Proszę, jeśli potrafisz… zaufaj mi.

ROZDZIAŁ VI

Szedł pewnie, ubrany w mundur strażnika. Wybrał ten, który najlepiej na nim leżał, najmniej poplamiony krwią. Zresztą nie przejmował się tymi plamami za bardzo. Dobry żołnierz nigdy nie nosi nieskazitelnie czystego munduru.

Zmierzał prosto do siedziby strażników, tam, gdzie znajdowały się podziemne garaże z ich maszynami. Wszystko zaplanował, a raczej to jego umysł sam ułożył to za niego. On tylko się temu poddał, tak jakby był prowadzony za rękę.

Wiele stało się dla niego jasne. Wiedział już, że był żołnierzem najwyższej kategorii, takiej, do której należą tylko łowcy. A on był łowcą do zadań specjalnych. Pamiętał eksperymenty, które na nim robiono, aby stał się niezniszczalny. Bolesne eksperymenty, które pozostawiły ślady na jego ciele i psychice. Nie wszystko rozumiał z tych wspomnień, ale był pewien, że jeśli nie ucieknie, oni w końcu go dopadną. I wykorzystają do swoich celów.

Zbliżył się do głównego wejścia ogromnego, białego budynku. W dłoni ukrył identyfikator należący do jednego ze strażników. Drzwi natychmiast się przed nim otworzyły, kiedy czujnik wychwycił jego chip.

W holu kręciło się parę osób, głównie urzędnicy załatwiający swoje sprawy. Ariel nie ukrywał się, ani nie zasłaniał twarzy. Wiedział, że najlepszy kamuflaż to postawa i zachowanie, a niekoniecznie wygląd.

Nie oglądając się na nikogo, od razu przeszedł do windy, tak jakby robił to codziennie. Mijał po drodze jakichś ludzi, którzy przyglądali mu się uważnie.

– Ciężki dzień, co? – zagadnął go jeden z żołnierzy, patrząc na ślady krwi na mundurze.

– Bywało gorzej – odparł krótko.

Tamten zerknął na niego jeszcze raz.

– Zaraz, czy ja cię skąd nie kojarzę…? – zaczął.

– Oby nie – odparł Ariel, wchodząc do windy.

Drzwi zamknęły się tuż przed nosem zdumionego strażnika. Ariel zjechał na sam dół i znalazł się w ogromnym hangarze. Kilku pracowników jeździło małymi wózkami i ładowało towary do jakiejś maszyny transportowej. Na jego widok natychmiast się zatrzymali i kiwnęli mu głową. Ariel spojrzał na nich od niechcenia i machnął im ręką, aby nie przerywali pracy, a tamci wrócili do swojego zajęcia.

Zaczął iść wzdłuż jednego z sektorów, tam, gdzie stały zaparkowane maszyny bojowe. Przyglądał im się uważnie, ale żadna z nich nie spełniała jego wymagań. Przeszedł więc do drugiego sektora, tam, gdzie trzymano maszyny większego kalibru. W końcu natrafił na ogromny transporter dla wojska. Podszedł i przyjrzał się uważnie numerom i oznaczeniom.

„Pojemność: 200 osób" – przeczytał.

„Nada się".

Wspiął się po drabince, która prowadziła do kokpitu i identyfikatorem w dłoni otworzył właz. Wszedł do środka, odczytał parametry, paliwo, obszedł kajuty, sprawdził zapasy jedzenia. Wszystko się zgadzało. Mógł ruszać.

Zasiadł za sterami i uruchomił silniki. Maszyna zawyła, a pojazd zaczął wibrować. To uczucie znów mu coś przypomniało. Był doskonałym pilotem. Nagle rozbolała go głowa, jakby zaczęła puchnąć od nadmiaru tych wspomnień. Oparł czoło o panel sterowania i wziął kilka głębszych oddechów.

– Blanka, Blanka… – powtarzał jej imię, żeby zapamiętać cokolwiek. – Ma na imię Blanka…

To mu pomagało. Ta jedna myśl potrafiła utrzymać go przy zdrowych zmysłach. Skoro pamiętał jej imię, to wkrótce przypomni sobie całą resztę. Po chwili rzeczywiście tak się stało. Zaczął sobie przypominać, co tu robi i po co bierze ten autolot. Wyprostował się. Załączył światła, ustawił poziomy i zaczął wytaczać maszynę z hangaru.

Skierował się w stronę ogromnych wrót strzeżonych przez dwa roboty. Otworzył właz z boku kokpitu i dał im do przeskanowania kod, który trzymał w zaciśniętej pięści. Roboty odczytały go swoimi szklanymi oczami.

– Życzymy udanej podróży, numer 5723113200 – powiedział jeden z nich, po czym stalowymi ramionami otworzyły przed nim bramę.

Ariel wyleciał w przestworza z zawrotną prędkością.

„Muszę ostrzec królową..." – pojawiła się natychmiast myśl w jego głowie.

Zaczął ustawiać trasę prosto na Oczy Królowej, ale zaraz skręcił gwałtownie.

„Nie, muszę najpierw zabrać Blankę i jej ludzi..."

Obniżył lot, kierując się w stronę biedniejszej dzielnicy, tam, gdzie znajdował się ośrodek.

„Nie, najpierw Blanka... Najpierw..."

„Nie, muszę najpierw lecieć do królowej…"

Zacisnął mocno dłonie na drążkach sterowniczych. Poczuł, że się poci.

„Nie, najpierw Blanka… Najpierw… Nie, najpierw królowa…"

Coraz bardziej się trząsł. Miał wrażenie, że w jego wnętrzu znajdują się dwie osoby, które walczą między sobą o prawo do posiadania w pełni jego ciała.

– Najpierw Blanka… – syknął, patrząc na hologramową mapkę przed sobą. – A potem… królowa…

Siłą woli zmusił się do wylądowania. Ogromny transporter opadł z hukiem na ulicę na wprost budynku, blokując cały chodnik. Przerażeni piesi na ten widok uciekli w popłochu.

Ariel wyskoczył z kokpitu i wbiegł do ośrodka. Zobaczył pracowników medycznych biegających chaotycznie i wydających sprzeczne komunikaty. Pacjenci kręcili się nerwowo, nie wiedząc, co ze sobą zrobić. Niektórzy byli spakowani, inni wciąż leżeli w łóżkach, dzieci płakały.

Ariel wszedł do głównego holu, a na jego widok wszyscy zamarli.

– To on! – zawołała jakaś pielęgniarka. – On wrócił!

– To niemożliwe!

– Spójrzcie na ulicę, to transporter wojskowy! – zawołał Sylwester.

– To żołnierze! On przysłał na nas żołnierzy! Już po nas!

– Nie! – zawołał Ariel, a na jego głos wszyscy ucichli. – Zabieram was stąd! Ładujcie się do środka!

Ale nikt się nie ruszył. Ludzie stali jak sparaliżowani.

– Blanka! – zawołał, czując, że ze zdenerwowania traci dech. – Gdzie jest Blanka?

Tłum zafalował, ludzie podawali sobie tę informację dalej, w końcu kobieta wybiegła spomiędzy zmieszanych pacjentów.

– Ariel…! – jęknęła.

– Zabieram was, lecicie ze mną do Oczu Królowej – powiedział.

– Ariel, jak ty to sobie wyobrażasz?! – zawołała.

On podszedł do niej.

– Powiedziałaś, że tylko w Oczach Królowej będziesz czuć się bezpiecznie, więc zabieram cię tam, was wszystkich – powiedział.

– Ty zwariowałeś! – zawołała. – Skąd wziąłeś ten autolot?

– Nie mamy zbyt wiele czasu, zaraz się zorientują, że mają nieautoryzowane wyjście pojazdu, poza tym ta maszyna już i tak wystarczająco przykuwa uwagę na ulicy – powiedział szybko. – Dlatego ładujcie się do środka!

– Ariel, to jest szaleństwo, nie dotrzemy tam, zaraz nas zestrzelą – powiedziała.

– Nie zestrzelą, ja was obronię – odparł.

– Ale ty jesteś sam jeden...!

– Ale jestem najlepszy – powiedział zdecydowanie. – Wiem o tym, przypomniałem sobie.

– Ty jesteś tym Jakobem, tak? – zapytała.

Była blada i trzęsła się, a w oczach miała łzy.

– Nie, nie jestem nim – powiedział. – Jestem Arielem.

– Ale...

– Zbierz ludzi, weźcie najpotrzebniejsze rzeczy i uciekajcie ze mną, to wasza jedyna szansa.

– Nasza szansa? – zapytała. – Czy twoja szansa, aby dostać się do królowej, żeby ją potem zabić?

Przełknął ślinę.

– Blanko...

– Ariel, co ci chodzi po głowie?

– Potem ci powiem – odparł. – Powiem ci wszystko, przypomniałem sobie, ale...

Popatrzył na ludzi dookoła.

– Nie teraz. Teraz się pakujcie.

– Słuchajcie, gościu chyba ma rację – zawołał naraz pielęgniarz Sylwester. – Nad nami zaczynają krążyć jakieś autoloty...

– Wszyscy do statku! Natychmiast! – zawołał Ariel.

– Nie! Nigdzie się nie ruszajcie, to pułapka! – zawołał naraz Piotr, wybiegając do przodu. – On nas wszystkich chce wydać Wielkim Rządzącym!

– Nie, to nieprawda, chcę was uratować! – zawołał Ariel. – Chcę was zawieźć do Oczu Królowej! Zaufajcie mi!

– Ufać ci? Chyba sobie żartujesz! – skwitował Piotr.

– Blanko…

Ariel spojrzał na nią błagalnie.

– Blanko, uwierz mi…

Ona popatrzyła na niego bezradnie. Na moment dotknęła swojej piersi. Jej palce musnęły medalik, który miała na szyi. Zamknęła oczy i wzięła głęboki oddech.

– Kto chce uciekać z Arielem do Oczu Królowej, niech natychmiast wsiada do pojazdu! – zawołała.

Tłum zafalował. Co śmielsi pacjenci zaczęli do nich podchodzić.

– Blanko, ty zwariowałaś tak jak i on! – warknął Piotr, stając na wprost niej. – Przecież to szaleniec! To chory psychicznie człowiek! Nie rozumiesz, że on chce nas pojmać po to, aby przerobić nas na serum! Przecież to strażnik, kobieto! Im nie można ufać!

– Kto chce uciekać z Arielem, niech wchodzi do autolotu! – zawołała ponownie.

Nikt się nie ruszył. Ariel cofnął się. Zrozumiał, że jego plan nie wypali.

– Macie piętnaście minut, potem będzie za późno – powiedział. – Przyjdą tu i nie zostawią nikogo przy życiu, bo będą szukać mnie, ale mnie tu już nie będzie.

Parę osób wyszło z sali na dziedziniec, gdzie stał autolot. Ariel obejrzał się na tę garstkę.

– W środku jest miejsce dla wszystkich – powiedział.

Spojrzał na Piotra.

– Dla wszystkich – podkreślił.

– I ty masz jeszcze czelność zaganiać nas jak bydło na rzeź?! – zawołał na niego Piotr. – Wynoś się stąd! Wynoś się stąd, ty morderco!

Ariel cofnął się pod same drzwi.

– Piotrze, przestań! On chce nam pomóc – wtrąciła Blanka.

– I ty mu jeszcze wierzysz? – warknął na nią lekarz. – No tak, czego mógłbym się po tobie spodziewać? W końcu ciągnie swój do swego! Pewnie niełatwo było ci się z tym wszystkim ukrywać, co? Świątynna ladacznico...!

Blanka zamachnęła się i uderzyła go otwartą dłonią w twarz. Piotr umilkł natychmiast. Kilka osób wydało z siebie zduszony okrzyk.

– Jak śmiesz – syknęła.

Z oczu płynęły jej łzy, ale spojrzenie miała jak ze stali. Odwróciła się do pozostałych pacjentów.

– Kto chce uciekać razem z Arielem *i ze mną*, niech natychmiast opuszcza ośrodek!

Ludzie zaczęli do niej podchodzić. Nikt nic nie mówił, ale w ich oczach widać było przerażenie pomieszane ze współczuciem. Ariel stał z boku, patrząc na to wszystko w milczeniu.

– Chodź – powiedziała do niego Blanka drżącym głosem. – Pomożesz mi przewieźć ciężko chorych.

On bez słowa ruszył za nią. W milczeniu przewozili na wózkach, łóżkach i noszach najbardziej chorych. Pomagał im pielęgniarz Sylwester i pomocnik kuchenny Rajmund oraz inni pielęgniarze i pielęgniarki. Nikt nie powiedział przy tym ani słowa. Ariel widział łzy na twarzy Blanki. Trzymała się dzielnie, wydawała krótkie polecenia, a oni natychmiast je wykonywali. W dziesięć minut przewieźli wszystkich chorych, zapakowali część najpotrzebniejszego sprzętu i ulokowali dzieci wraz z ich opiekunkami. Blanka chwyciła jeszcze swoją torbę i stanęła w progu. Obejrzała się na Piotra i stojącą przy nim grupkę pacjentów i lekarzy, którzy nie ruszyli się z miejsca.

– Strażnicy zaraz tu będą – powiedział Ariel stając obok niej. – To wasza ostatnia szansa. Jest jeszcze miejsce, zmieścicie się...

– Idźcie do diabła! – rzucił oschle Piotr.

Blanka bez słowa wyszła z ośrodka, Ariel poszedł za nią. Pomógł jej wsiąść do kokpitu i zastartował autolot.

– Wszyscy są już w kajutach – powiedział Sylwester, przechodząc do przodu. – Są podpięci, czuwają przy nich pielęgniarki.

Ariel spojrzał na Blankę. Wyglądała jakby tłumiła w sobie szloch. Szybko zapięła podwójne pasy na ramionach.

– Z-zaraz tam do was pójdę – powiedziała.

– Ty, zostań tu – Ariel powiedział do Sylwestra, widząc, że ten chce opuścić kokpit. – Będziesz moim drugim pilotem.

– Ja? – zdziwił się mężczyzna. – Ale ja nie umiem... Ja nigdy nie...

– Nauczysz się – powiedział mu Ariel. – Siadaj obok mnie i patrz.

Sylwester zasiadł na miejscu drugiego pilota, a Ariel załączył szybko wszystkie parametry. Na hologramowym radarze pojawiły się naraz trzy czerwone punkty.

– Już lecą – mruknął.

Złapał za drążki sterownicze i podniósł maszynę z ziemi. Przyspieszenie wbiło ich w fotel. Trzy autoloty, które nad nimi krążyły, w tym samym czasie przeleciały nad ośrodkiem Jeden z nich zleciał na ziemię i zaczął ostrzeliwać budynek.

– Ośrodek...! – zawołała Blanka, widząc na hologramie, jak pociski przebijają mury. – Mój Boże, mój ośrodek... Oni tam zostali...!

Podziurawiony pociskami budynek zaczął dymić, a po chwili zajął się ogniem. Blanka zaczęła szlochać.

– Mój Boże...! Mój Boże...! – wołała przez łzy.

Ariel podchwycił jej zapłakane spojrzenie.

– Chciałem was wszystkich uratować... – powiedział cicho.

Wtem odwrócił wzrok w stronę hologramu. Zauważył na radarze, że dwa pozostałe autoloty usiadły im na ogonie.

– Trzymajcie się.

Skręcił ostro, chcąc uciec tym dwóm, ale oni trzymali się blisko. Najwyraźniej już musieli ich namierzyć.

– Ty, Sylwester, trzymaj stery i utrzymuj kurs – powiedział naraz do mężczyzny. – Ja muszę ich zestrzelić.

– Co...? Ja...? – wyjąkał mężczyzna, łapiąc niepewnie za drążki przed sobą. – Co mam robić?

– Leć prosto, na wschód, i nie zbaczaj ze ścieżki, którą masz na mapce – poinstruował.

Sam złapał za inne drążki, te, które obsługiwały działka. Otworzył drugi hologram. Dwa czerwone punkty leciały z dwóch różnych stron. Ariel obrócił działka i wystrzelił całą serię. Usłyszeli terkot maszyny. Po chwili jedna czerwona kropka zniknęła. Ariel znów obrócił działko i wystrzelił w drugi autolot. I ten zniknął po chwili.

– Nie ma ich... – powiedziała Blanka przerażonym głosem.

– Będzie ich więcej – mruknął Ariel, przeładowując działka.

– Będą nas ścigać aż do granicy, dalej się nie ośmielą.

Spojrzał przez lunetę, którą zdjął z sufitu, a potem sprawdził na hologramach.

– Sylwester, dodaj gazu – poinstruował.

– Nie wiem jak... – odparł mężczyzna.

– Ten czerwony przycisk przy prawym kciuku – powiedział, wciąż patrząc przez lunetę.

– Ach, to...

Pojazd natychmiast przyspieszył.

– Wzleć ponad chmury – nakazał.

Po chwili przebili się przez szarą, kłębiastą warstwę i ujrzeli nas sobą czyste, błękitne niebo.

– A teraz wyprostuj kurs i leć prosto – powiedział.

Zamknął lunetę i spojrzał na hologram. Na mapie pojawiły się cztery czerwone kropki.

– Strażnicy...? – spytała Blanka.

– Tak.

Chwycił znów za drążki i zaczął strzelać. Widział na mapce jak autoloty rozpraszają się, ale był na to przygotowany. Z boku pociągnął za inną dźwignię. Była to wyrzutnia rakiet. Odpalił jedną rakietę, a potem strzelił w nią, gdy była jeszcze w locie. Rakieta rozprysła się na tysiące kawałków, a te utworzyły coś w rodzaju zasłony dymnej. Autoloty na moment zakołowały, szukając ich.

– Skręć ostro w lewo, teraz! – zawołał na Sylwestra, a ten zrobił jak kazał.

Maszyna gwałtownie się przechyliła. Blanka krzyknęła. Ariel odczekał kilka sekund, aż będzie miał ich w zasięgu i puścił znów całą serię. Załatwił na raz trzy autoloty.

– Wyprostuj! – poinstruował Sylwestra, a ten wyprostował maszynę.

Znowu strzelił. Ostatni autolot wzleciał ponad nich.

– Sto osiemdziesiąt stopni! – rozkazał, a Sylwester obrócił maszynę.

Blanka znów krzyknęła. Na moment zawirowali w powietrzu. Ariel strzelił. Zobaczył przez przednią szybę, jak tuż nad nimi rozbłyskuje autolot. Ramieniem szturchnął Sylwestra, a ten skręcił ostro w prawo, unikając kolizji z lecącym odłamkiem.

– Teraz wyprostuj i naprzód! – zakomenderował.

– I co jeszcze?! – zawołał Sylwester.

Ariel spojrzał na niego. Pot spływał mu strugami po bladej z przerażenia twarzy.

– Nieźle ci idzie jak na pierwszy raz – skwitował.

– Człowieku, ja tu chyba zaraz zemdleję…! – jęknął tamten.

Ariel uśmiechnął się półgębkiem.

– Nie przesadzaj – odparł. – To dopiero początek.

Spojrzał na Blankę. Zaciskała wargi i trzymała się kurczowo panelu sterowania tak mocno, aż pobielały jej palce.

– Czy to już koniec…? – spytała słabo.

Naraz znów spostrzegł czerwone kropki na hologramie.

– Nie.

Wystrzelił. Działał jak na pamięć, jakby to był jego codzienny trening. Natychmiast przypominały mu się wszystkie triki, których używał, aby zestrzelić autolot. Wołał na Sylwestra, wydając mu rozkazy, jak wtedy, gdy był dowódcą oddziału, a ten rozpaczliwie je wypełniał. Czasem pomagał mu, jedną ręką strzelając, a drugą sterując. Tak udało im się dolecieć do granicy Nerek bez draśnięcia przez pociski strażników.

– Ziemia niczyja – stwierdził, patrząc na mapkę. – Możesz już puścić stery, ja je przejmę.

Sylwester puścił drążki i odetchnął głęboko.

– I jak? Żyjesz? – spytał go Ariel.

– Żyję, ale czuję się jakbym przebiegł całe miasto ze stukilowym plecakiem – stwierdził, dysząc ciężko.

– To normalne, przyzwyczajaj się – powiedział z rozbawieniem.

Sylwester spojrzał na niego z przerażeniem w oczach.

– Przyzwyczajaj…? – jęknął. – Chyba muszę się czegoś napić…

Odpiął pasy i chwiejnym krokiem wyszedł z kokpitu. Ariel spojrzał na Blankę. Zostali sami.

– Jak się czujesz? – zapytał ją miękko, zupełnie innym głosem, niż tym, którym mówił do Sylwestra.

Ona spojrzała na niego zmęczonym wzrokiem.

– Nic mi nie jest – powiedziała cicho.

Popatrzył przed siebie na pustkowie, które rozciągało się pod nimi. Ziemia niczyja to suche stepy, na których nic nie rosło i nikt tam nie mieszkał. Nikt nie rościł sobie praw do ziemi niczyjej i nikogo ona nie obchodziła. Ciągnące się setki kilometrów pustynnej przestrzeni, były naturalną granicą pomiędzy miastami. Mimo, że nie nikt tego terenu nie patrolował, niewielu ośmielało się zapuszczać w te rejony. Bez dobrego autolotu, którym można by przelecieć bezpiecznie do następnego miasta, pierwszy lepszy zbieg zginąłby tu bez wody.

– Blanko... – Ariel odezwał się po chwili cicho. – Dziękuję ci.

Poczuł na sobie jej spojrzenie.

– Za co mi dziękujesz? – spytała.

– Dziękuję, że mi zaufałaś.

Westchnęła.

– To ja powinnam ci podziękować. Uratowałeś nas wszystkich. Prawie wszystkich...

Spojrzał na nią.

– Nie boisz się, że teraz oddam was w ręce Wielkich Rządzących? – zapytał ją.

– Gdybyś chciał to zrobić, już dawno byś to zrobił – stwierdziła. – Poza tym nie fatygowałbyś się po ten autolot, tylko od razu byś na nas doniósł. Przecież wystarczyłaby błahostka, aby nas skazać. Tobie, jako strażnikowi, na pewno od razu by uwierzyli. Zwłaszcza takiego najlepszemu...

Spojrzała na niego smutno.

– To ciebie szukają, prawda?

Pokiwał głową.

– Sterroryzowali całe miasto, aby cię wywabić i zahipnotyzować tymi hologramami...?

– Dziękuję, że mi zaufałaś...

– Myśleli, że zrobią ze mnie idealną maszynę do zabijania – powiedział. – I udało im się to. Prawie.
– Prawie?
– Gdzieś pod tą warstwą brudu w jakim tkwiłem, okazało się, że mam jeszcze jakieś resztki człowieczeństwa... – wyznał zmieszany. – Mam serce...
Zerknął na nią.
– I to serce w ostatniej chwili się zbuntowało – dodał.
Milczeli chwilę. Blanka przyglądała mu się ze współczuciem.

– Co się stało? – zapytała.
– Uciekłem im – powiedział. – To pamiętam. Nie pamiętam wszystkiego, ale wiem, że nie zdołali mnie zniszczyć do końca.
– Ariel... Co oni ci zrobili?
Odwrócił się od niej i utkwił wzrok na hologramowej mapce. Nie umiał spojrzeć jej w twarz.
– Miałem w życiu dwie wielkie słabości – zaczął, nie odrywając oczu od drogi, jaka była przed nim. – Jedna to serum, a druga to kobiety. A oni, znając mnie, podsunęli mi i jedno i drugie jak na tacy. Dali mi kobietę, ich agentkę. Była lekarką i podawała mi serum, a przy okazji uwiodła mnie, co w moim przypadku nie było wcale takie trudne...
Blanka milczała. Jej milczenie pozwalało mu się otworzyć.
– Ale potem zamiast serum zaczęła podawać mi coś innego. Nie wiem, co dokładnie, ale pewnie jakąś mieszankę trucizny i środków halucynogennych, które miały złamać moją psychikę i zrobić ze mnie żołnierza idealnego. Żołnierza-maszynę, którego mogliby zaprogramować do zadań specjalnych.
– To jak to się stało, że im uciekłeś? – zapytała.
– Miałem przebłysk świadomości w momencie, gdy leżałem na fotelu, do którego mnie podpięli, ona i ludzie, którzy ją wynajęli. W tym przebłysku... ja...
Zawahał się. Blanka milczała, nie poganiała go.
– W akcie desperacji zwróciłem się o pomoc do Boga – przyznał.
Ona odwróciła się do niego w fotelu.
– Myślałam, że...
– Myślałaś, że wszyscy strażnicy to poganie, tak? – zapytał.
– Myślałam, że ktoś taki jak ty nie potrzebuje już Boga – powiedziała. – Bo sam dla siebie jest bogiem.
Ariel utkwił wzrok w hologramowej mapie przed sobą. Zabolały go te słowa, bo były prawdziwe.
– Kiedyś wierzyłem, jako dziecko, ale potem, no cóż... – mruknął. – Miałem swoje gorsze chwile, no i... Porzuciłem Go.
– Ale On nie porzucił ciebie.
Ariel spojrzał na nią niepewnie, ale w jej oczach nie dostrzegł nic osądzającego, tylko ciepło, które dodawało mu odwagi.

– Ja nie zasłużyłem sobie, by zostać ocalonym przez Niego... – powiedział zdławionym głosem.

– Nikt nie zasłużył – powiedziała spokojnie. – Uwierz mi, nikt na to nie zasłużył.

Naraz nie wiedział, co powiedzieć. Gardło miał zupełnie ściśnięte. Zamrugał szybko.

– Ariel.

Poczuł, że ona dotyka jego przedramienia.

– Już dobrze – powiedziała.

Spojrzał na nią. Widział ból w jej oczach. Nie wiedział, czy to był jej własny ból, czy tylko odbicie tego bólu, który on czuł w sobie i który próbował nieudolnie zdusić.

Pokiwał głową i otarł pięścią oczy.

– Przypominasz sobie coś jeszcze? – zapytała go po chwili.

Chrząknął.

– Niewiele, jakieś strzępy – odparł.

– Wiesz już, kim jesteś? – zapytała.

– Jestem Arielem, żołnierzem Wielkich Rządzących, wyszkolonym do najtrudniejszych zadań, człowiekiem-maszyną – odparł jednym tchem.

– A kim jest Jakob?

– Jakob...

Zerknął na nią.

– Widziałem go przez chwilę – powiedział. – W twoich oczach.

Zacisnął mocno dłonie na drążkach sterowniczych.

– Nie pozwolę, aby ten drań kiedykolwiek powrócił – powiedział twardo. – Nie chcę, żebyś się mnie bała. Nie zniósłbym tego, gdybym coś ci zrobił...

– Ariel, ale on jest częścią ciebie – powiedziała. – Żeby się go pozbyć, musisz się z nim skonfrontować i...

Ariel sięgnął do pasa i wyciągnął krótki pistolet.

– Jeśli znów się pojawi i będzie ci groził, zastrzel go – powiedział stanowczo. – Zastrzel go na miejscu.

Ona popatrzyła zdumiona to na niego, to na pistolet.

– No, weź – ponaglił, kiwając dłonią z pistoletem.

– Nie zrobię tego – powiedziała.

– Weź ten pistolet – nakazał.
– Nie, Ariel – odparła. – Nie zrobię tego. Nie zastrzelę ciebie.
– To nie będę ja, to będzie ten drugi, ten sukin…
– To jesteś ty, Ariel – przerwała mu Blanka. – Ty jesteś jedną osobą w całości.
Ręka z pistoletem zadrgała mu.
– Ja go nie znam – mruknął. – Nie wiem, kim on jest.
– Ale ja go już trochę poznałam i mogę ci powiedzieć, kim jest – odparła. – Mogę ci pomóc się z nim zmierzyć.
– Ale ja…
– Nie wezmę tego pistoletu – odparła stanowczo. – Nie chcę cię skrzywdzić.
Patrzyła mu prosto w oczy. Czuł, że pod naporem jej spojrzenia coś w nim topnieje.
– A ja nie chcę skrzywdzić ciebie – powiedział drżącym głosem. – Nie chcę, rozumiesz? Nie wybaczyłbym sobie tego…
Ona milczała.
– Weź ten pistolet, będziesz bezpieczniejsza.
– Nie.
– Blanko, proszę cię…
Ona wyciągnęła dłoń i dotknęła jego ręki, tej, która nadal ściskała broń.
– Nie, Ariel – powiedziała, odsuwając ją od siebie łagodnie.
Ariel powoli opuścił rękę.
– A jeśli stracę nad sobą kontrolę, albo znów się do ciebie włamię w nocy, albo…?
– Sam powiedziałeś, że pod tą warstwą brudu, w którym ugrzązłeś, masz jeszcze serce, prawda? – powiedziała, zaglądając mu w twarz. – Więc użyj go.
Jej słowa na moment zamknęły mu usta. Popatrzył przed siebie w hologramową mapkę. Powoli trawił to, co przed chwilą usłyszał. Nie przypominał sobie, aby ktoś kiedyś tak w niego wierzył.
– Blanko, ja nie wiem… – zawahał się. – Nie wiem, czy jeszcze potrafię go używać – powiedział jej szczerze.
– To spróbuj – powiedziała.

– Nie boisz się mnie? – zapytał ją bardzo cicho.

Milczała dłuższą chwilę. On w napięciu oczekiwał jej odpowiedzi.

– Nie, Ariel – odparła. – Już ci przecież powiedziałam, że ja nie boję się strażników.

ROZDZIAŁ VII

Lecieli od kilku godzin nad pustkowiem. Specjalnie ominął Język, mimo, że musiał nadrobić drogi. Wolał trzymać się z dala od miast. Poza tym nie musieli robić postoju na tankowanie. Mieli wystarczająco dużo paliwa, aby dolecieć do Oczu Królowej.

Blanka poszła do chorych, a do kokpitu przyszedł Sylwester razem ze swoim kolegą, pomocnikiem kuchennym Rajmundem. Ariel wdrażał ich w tajniki pilotowania, po kolei przekazując im stery. Za każdym razem, gdy chwytali za drążki sterownicze, zerkali na niego z nabożnym szacunkiem. Ariel znał to spojrzenie. Tak patrzyli na niego kadeci, którzy uczyli się u niego. Widział, że zarówno Sylwester jak i Rajmund trochę się go bali, a trochę go podziwiali. Nie powiedzieli jednak na ten temat ani słowa.

Ariel instruował ich jak prowadzić maszynę, jak nią manewrować i jak strzelać.

– Jak na kuchcika i pielęgniarza, to jesteście dość pojętni – podsumował ich. – Może będą z was żołnierze.

Tamci popatrzyli po sobie zdumieni. Oboje wyglądali na podbudowanych tą pochwałą. Rezerwa, jaką mieli wobec niego na początku, powoli zaczynała topnieć.

– Cóż, nie mieliśmy nigdy ambicji, żeby być żołnierzami – bąknął Rajmund.

– Jeszcze wszystko przed wami – odparł Ariel.

Podniósł się z fotela pilota.

– Przejmijcie stery, ja tymczasem rozprostuję nogi – powiedział.

Tamci natychmiast dopadli do sterów, trzymając się prosto jak struna.

– Lećcie według kursu, wrócę niebawem – dodał.

– Tak jest – odparli równocześnie, gorliwi i skupieni, zupełnie jak jego kadeci.

Uśmiechnął się na wspomnienie swoich podopiecznych i wyszedł, zostawiając ich samych.

Zaczął iść wąskim korytarzem prowadzącym do kajut. Zaglądał po drodze po poszczególnych pokoi. Widział kręcące się przy chorych pielęgniarki i lekarzy. Niektórzy pacjenci, ci bardziej sprawni, pomagali tym słabszym. Ogólnie pasażerowie wyglądali na spokojnych, nikt nie krzyczał, nie panikował. Najwyraźniej musieli już wiedzieć, co się stało z ośrodkiem i że to dzięki niemu uratowali się przed nalotem strażników. Teraz, widząc go przechadzającego się jak kapitan po pokładzie autolotu, niektórzy spoglądali na niego z szacunkiem. Parę osób kiwnęło mu głową.

Idąc, bezwiednie rozglądał się za Blanką, ale nigdzie jej nie widział. Przemaszerował tak, aż do kuchni. Kręciło się tam parę osób, przygotowując posiłki. Na jego widok zamarli. Starając się nikomu nie patrzeć w oczy, Ariel wycofał się zaraz, ale ktoś go zawołał:

– Panie strażniku...!

Zatrzymał się. Podeszła do niego jakaś przysadzista kobieta, wyglądająca na jedną z kucharek.

– Panie strażniku, my, to znaczy ja w imieniu tutaj zespołu kuchennego chcielibyśmy, jakby no... – zaczęła się plątać.

Ariel czekał w milczeniu, nie wiedząc, o co jej chodzi.

– Podziękować – wypaliła wreszcie. – Podziękować chcieliśmy... za, tego, za uratowanie nas i w ogóle. Tak więc dziękujemy – dodała, bardzo speszona.

– Nie ma za co – mruknął.

– Nie no, jest za co – odparła kobieta, odzyskując rezon. – Dzięki panu to my... żyjemy.

Chyba wreszcie naprawdę to do niego dotarło. On ich uratował. Nie tylko siebie, ale i ich wszystkich, tych których znał i tych nieznajomych, którzy byli mu kompletnie obojętni.

– Jesteśmy wdzięczni, choć niektórzy nadal się tu pana trochę boją... – dodała, oglądając się na swoich towarzyszy. – Ale ja to myślę sobie tak, jak ktoś ratuje życie obcym ludziom, to musi być dobrym człowiekiem, nawet jak z początku na takiego nie wyglądał.

Ariel otworzył tylko usta, ale nie wydobył z siebie żadnego dźwięku. Kompletnie go zatkało.

– Dziękuję... – bąknął tylko i wyszedł z kuchni.

Zaczął iść przed siebie, nie patrząc nawet dokąd zmierza. Doszedł tak do ładowni i zatrzymał się przed magazynem z bronią. Oparł się o jakąś skrzynkę i zastygł bez ruchu, długo patrząc przed siebie w próżnię. Serce go paliło. Miał wrażenie, że ten ogień przepala w nim jakieś stalowe druty, które je ciasno oplatały. Bolało, ale jednocześnie przynosiło ulgę. Dotknął dłonią swojej piersi. W tej samej chwili usłyszał jakieś kroki. Obrócił się i zobaczył Blankę.

– Nie było cię w kokpicie – powiedziała, pochodząc do niego. – Więc postanowiłam się przejść i cię poszukać.

– Ja też... – odparł, trzymając nadal dłoń na sercu.

– Co ci jest? – spytała, widząc jak przyciska pięść do munduru strażnika, w który był ubrany. – Boli cię?

– Nie... Nie wiem... – odparł, zmieszany.

Ona podeszła do niego bliżej i przyjrzała się jego twarzy.

– Blanko, myślisz, że jestem dobrym człowiekiem?

Ona zamrugała szybko.

– Och... Myślę, że jesteś na właściwej drodze, aby nim zostać – powiedziała, ostrożnie dobierając słowa. – Sporo jeszcze pracy przed tobą, ale...

– Pali mnie tu – powiedział, pokazując na swoją pierś.

– Wzięłam ci maść na wszelki wypadek – powiedziała szybko. – A także zapakowałam lekarstwo, będę mogła ci je zaaplikować w wolnej chwili, jeśli...

Pokręcił głową.

– To nie to – powiedział.

Złapał ją za dłoń i przyłożył ją do swojej piersi.

– Czujesz?

Ona popatrzyła na niego zaskoczona.

– Bardzo szybko bije ci serce... Znów masz atak? Pokaż źrenice – nakazała, zaglądając mu w oczy.

Jedną dłonią chwyciła go za szczękę, przysuwając go do siebie. On patrzył na nią uważnie.

– Nie, wszystko w porządku – stwierdziła. – To dlaczego tak mocno bije ci serce?

Nachylił się nad nią.

– Nie... nie wiem – odparł.

– Boli cię to?

– Nie... chyba nie.
– Cały dygoczesz, masz gorączkę?
Dotknęła dłonią jego czoła.
– Nie, jest w porządku – stwierdziła. – Ariel, co się z tobą dzieje? Powiedz mi. Powiedz, co czujesz.
– Czuję...
Przycisnął mocniej jej dłoń do swojego serca.
– Ciepło.
– Tylko to?
– I radość.
Uśmiechnęła się lekko.
– Może to moje serce na nowo ożyło? – zapytał.
– Może... – odparła. – A pamiętasz jak masz na imię?
– Ariel.
– A ja jak mam na imię?
– Blanka.
– A wiesz, gdzie jesteśmy?
– W autolocie, który zabrałem strażnikom, aby cię uratować i wywieźć do Oczu Królowej... I tych innych ludzi – dodał.
– Bardzo dobrze – powiedziała, uśmiechając się znów. – Myślę, że po prostu miałeś za dużo wrażeń jak na jeden dzień i twoja psychika zaczyna wariować. Musisz trochę odpocząć. Kilka godzin snu dobrze by ci zrobiło.
– Nie mogę, muszę czuwać – odparł. – Sylwester i Rajmund nie potrafią jeszcze dobrze latać, nie mogę ich tak zostawić.
– Choć kilka chwil, Ariel, twój mózg musi odpocząć – powiedziała. – Kiedy jest się zmęczonym, częściej można popełnić błędy. Częściej też o różne, hm, niespodziewane zachowania...
– Nie jestem zmęczony – odparł.
– Ale...
Westchnęła i pokręciła głową.
– Pozwól zatem, że chociaż zaaplikuję ci lek.
– Nie mogę, muszę wrócić do kokpitu i pilnować wszystkiego – powiedział. – Będziemy lecieć całą noc. Do Oczu jeszcze daleko, a w górach mogą być śnieżyce, trzeba lecieć ostrożnie.
– W takim razie zaaplikuję ci lek tam, w kokpicie.

– Ale…
– Ty będziesz siedział obok nich i czuwał, a ja będę czuwać nad tobą, zgadzasz się?
Uśmiechnął się.
– Dobrze.

✱✱✱

Blanka spała w fotelu obok niego. On prowadził. Sylwester spał na drugim fotelu, a Rajmund poszedł wcześniej się położyć do swojej kajuty. Lek już dawno się skończył i teraz na stojaku obok niego wisiał tylko pusty woreczek. Nie budził Blanki. Sam odłączył się od maszyny, a stojak odsunął na bok. Spojrzał na jej spokojną, śpiącą twarz, a potem popatrzył w hologramową mapkę. Powoli zbliżali się do celu ich podróży, a im mniej zostawało im drogi, tym bardziej się denerwował. Nie rozumiał, dlaczego. Nie wiedział, czy to była tylko zwykła ekscytacja, czy strach przed tym jak zareagują żołnierze królowej na widok transportera strażników, czy może podświadomie czuł, że coś nieznanego się w nim budzi.

Z każdą minutą coraz bardziej bolała go głowa. Masował skronie i uciskał czoło, ale to nic nie pomagało. Ogarniał go coraz większy niepokój. Potrzebował komuś o tym powiedzieć, nie potrafił już dłużej tego dusić w sobie.

– Blanko… – szepnął, nachylając się do niej.

On mruknęła sennie i odwróciła głowę w drugą stronę, tyłem do niego.

– Blanko – powiedział głośniej. – Obudź się, niedługo będziemy lądować.

Obejrzała się na niego.

– Co…?
– Będziemy lądować.
– Lądować? – zdziwiła się. – Już?
– Tak.
– Ja spałam?
– Tak, całą noc – powiedział, uśmiechając się lekko.

Zapatrzył się na nią. Włosy miała zmierzwione, policzki zaróżowione, a oczy zapuchnięte od niewyspania. Wyglądała uroczo.

– Ale… przecież miałam czuwać, przecież ty miałeś się położyć – zaczęła. – Prowadziłeś sam całą noc i nikt cię nie zmienił? – zapytała.

– Przecież nic się nie stało – odparł zdawkowo.

– Jesteś zmęczony.

– Nie jestem zmęczony.

– Nie spałeś całą noc.

Wzruszył ramionami.

– To co?

– Ależ…

– Co takiego…? – chrapnął Sylwester i otworzył oczy. – Teraz moja kolej?

– Szykujemy się do lądowania, siadaj obok mnie, będziesz mi pomagał – poinstruował go Ariel. – Ale najpierw zawołaj tego drugiego. On też się przyda.

– Ja… Jasne – odparł Sylwester.

Zerwał się z fotela i wyszedł pospiesznie. Blanka podniosła się również, jakby też chciała wyjść.

– Nie, ty zostań – poprosił.

– Przekażę innym, że lądujemy – powiedziała. – Muszą się przygotować, ubrać pacjentów. Tam chyba będzie minus dziesięć stopni za zewnątrz.

– Jak nie więcej – stwierdził. – Nie ruszaj się, ja wszystkich powiadomię – powiedział, sięgając po mikrofon.

Włączył go i przyłożył do ust.

– Uwaga, tutaj mówi… – zaczął i zaciął się. – Tutaj… Tu mówi…

Poczuł na sobie pytające spojrzenie Blanki. Chrząknął, aby ukryć coraz większe zdenerwowanie.

– Tu mówi wasz kapitan, pobudka! – zawołał przesadnie wesołym tonem. – Za pół godziny będziemy lądować. Ubierzcie się ciepło i przygotujcie. W magazynie znajdziecie dodatkowe kombinezony dla wojska, jakby ktoś potrzebował. Może trochę trząść. To tyle, bez odbioru.

Wyłączył mikrofon i odłożył go na miejsce. Ona patrzyła na niego uważnie.

– A ty...? – zaczął z ociąganiem. – Mas jakieś cieplejsze ubranie?

– Mam – powiedziała, pokazując na szary płaszcz zwieszający się z oparcia jej fotela.

Ubrała się pospiesznie, a na głowę wcisnęła czapkę. On zerknął na nią. Nie spuszczała z niego wzroku.

– Co tak patrzysz? Ducha zobaczyłaś? – zażartował.

Ale ona była poważna.

– Przypomnij mi... – powiedziała delikatnie. – Jak masz na imię?

– Co za głupoty, przecież dobrze wiesz jak mam na imię, po co mam ci to mówić? – odparł rozeźlony, zaciskając mocno dłonie na drążkach sterowniczych.

– Jednak chciałabym to usłyszeć...

– Jakieś dziwne ma paniusia wymagania – prychnął. – I co jeszcze? Może ci serenadę zaśpiewać? – warknął.

– Jakob? – zapytała cicho.

Nie odpowiedział.

– Co ty tu robisz?

– A co cię to obchodzi? – burknął.

– Nie sądziłam, że jeszcze się pojawisz i to tak szybko – powiedziała ostrożnie.

– Mam misję, nie pamiętasz laleczko? – odparł opryskliwe. – Muszę dostać się do królowej i ostrzec ją przed... przed... przed tym typem...

– A co z Arielem? – spytała. – Jego też zaangażowałeś w tę misję?

– Żartujesz sobie ze mnie? Ariel to kretyn! On się do niczego nie nadaje! – zawołał. – Mazgaj, nie dorasta do pięt swoim braciom.

– Ariel wydaje się być całkiem bystry... I silny – powiedziała.

Zaśmiał się krótko.

– Nie znasz go – skwitował.

– A ty go znasz? – zapytała.

– Oczywiście. Ariel to smarkacz. Zawsze nim był i zawsze nim będzie, obojętnie jak piękny mundur na siebie nie nałoży.

– No tak, tobie pewnie nie dorównuje – stwierdziła.

On zerknął na nią.

– Myślisz, że jak sprzedasz mi jeden tani komplement, to ja się na to nabiorę?

Ona drgnęła zaskoczona.

– Chcesz mnie znowu uwodzić? – prychnął. – Uważaj, bo się jeszcze na to nabiorę… – zagroził, uśmiechając się bezczelnie.

– Nie mam zamiaru cię uwodzić – powiedziała chłodno. – Nie jesteś w moim typie.

– Nie? Myślałem, że świątynne dziewki takie jak ty lubią każdych strażników, zwłaszcza tych, którzy grubo płacą… – rzucił cynicznie.

Kobieta spochmurniała.

– To nie znasz mnie za dobrze, bo już nie jestem tamtą osobą – powiedziała twardo.

– Ach, tak? A ten doktorek mówił co innego… – rzucił.

Ona nie odpowiedziała na to.

– Jak długo znasz Ariela? – zapytała go.

– Trochę… – mruknął.

– Trochę? A pamiętasz go jako dziecko…?

Poruszył się niespokojnie na fotelu.

– Pamiętasz jak bawił się na plaży ze swoim rodzeństwem?

– Siedź cicho – warknął. – Ja mam swoją misję, zaraz będziemy lądować. Nie powinnaś zajmować się teraz swoimi zdechlakami? W końcu do tego się teraz tylko nadajesz, co? Wiem, to nie to samo co świątynne życie, nie ma tylu atrakcji, ale za to pewnie sypiasz spokojnie jak aniołek z tymi swoimi uroczymi dołeczkami w policzkach…

Ona odwróciła od niego twarz.

– Bardzo uważny z ciebie obserwator – skwitowała.

– Prawie tak dobry jak z ciebie – syknął. – Zdążyłaś już sprawdzić jakie mam źrenice, czy jeszcze nie?

– Zdążyłam – odparła, spoglądając na niego.

– I co, boisz się, że się na ciebie rzucę?

– Nie boję się.

– Teraz też się mnie nie boisz?...

– Nie będzie tu Ariela, żeby cię obronił...
– A jeśli go zawołam?
– Nie przyjdzie.
– Ariel...
– Zamknij się! – warknął. – Zamknij się, ty suko!
– Ariel, przyjdź do mnie – powiedziała stanowczo. – Przyjdź, potrzebuję cię.
– Zamknij się, nie słyszałaś co do ciebie powiedziałem?! – ryknął.

Oderwał dłonie od drążków sterowniczych i obrócił się do niej w fotelu. Ona nawet nie drgnęła.

– Jak zacznę cię dusić, też nie będziesz się bać?! – zawołał, stając na wprost niej.

Ona zerwała się z fotela.

– Proszę bardzo – powiedziała twardo. – Ze swoimi poprzednimi kobietami też tak robiłeś?

Zacisnął dłonie w pięści.

– Nie, bo ten kretyn zawsze mnie powstrzymywał! – wrzasnął.

– A więc to on tu sprawuje kontrolę, a nie ty – stwierdziła. – Ty jesteś tylko takim głośnym straszakiem.

Zrobił krok w jej stronę.

– Laleczko, ja mogę w jednej chwili przestać być miłym – powiedział, zbliżając dłoń do jej twarzy.

Ona nie cofnęła się. Patrzyła mu prosto w oczy. Irytowała go jej odwaga i równocześnie wpędzała w poczucie winy. Nawinął jeden kosmyk jej włosów na palec. Był pewien, że się przestraszy.

– No? Kiedy zaczniesz krzyczeć? – syknął.

Ona milczała.

– Teraz też się mnie nie boisz? – zapytał przejeżdżając palcem po jej szczęce.

Ona patrzyła na niego smutno. Ręka mu zadrżała, w końcu cofnął ją.

– Dlaczego ty tu jesteś? – zapytała. – Dlaczego nie ma tu Ariela?

– Bo on beze mnie jest nikim. Nikim, rozumiesz? – warknął. – A kiedy przychodzi do brudnej roboty, to ja muszę przejmować stery, bo ten kretyn ma za wielkie skrupuły.

– Jaka brudna robota? – zapytała. – Przecież masz tylko ostrzec królową.

On odwrócił się od niej i wrócił na miejsce pilota.

– Ariel?

– Nie nazywaj mnie tak! – burknął.

– Będę cię tak nazywać, bo to jest twoje prawdziwe imię – odparła. – Ariel, wróć do mnie.

On uderzył pięścią w panel sterowana, aż zamigotały hologramy.

– Powiedziałem ci, żebyś mnie tak nie nazywała!

Do kokpitu wpadli Sylwester z Rajmundem.
- Już jesteśmy! - zawołali od progu.
On spojrzał na nich krótko. Momentalnie się uspokoił.
- Siadać na miejsca, zapinać pasy i robić to co ja - poinstruował rzeczowym tonem pozbawionym emocji. - Będziemy schodzić prosto w chmury, a pod nimi może być śnieg, grad lub zawierucha. Musimy być gotowi na każde warunki.
- Tak jest - odezwali się równocześnie.
- Najpierw zmniejszymy prędkość, o tutaj, a potem łapiemy za drążki sterownicze i lekko do przodu, ale lekko!
Kątem oka zobaczył, że kobieta przygląda mu się uważnie.
- A ty, co tak stoisz? - zwrócił się do niej.
Ona bez słowa usiadła i zapięła swoje pasy. Spojrzał na swoich towarzyszy.
- Róbcie to, co ja. Uwaga...!
Zaczęli powoli opadać. Na moment wszystko przesłoniły chmury, ale po jakimś czasie mglista osłona zaczęła się przerzedzać.
- To szczyty górskie! - wykrzyknął Rajmund. - A za nimi już są Oczy Królowej, widzicie? Jesteśmy już prawie na miejscu!
- Nie ekscytuj się tak, czeka nas jeszcze kontrola na granicy, a tam może nie być tak przyjemnie - mruknął.
- Coś nam może grozić? - zapytał Sylwester.
- Oprócz tego, że żołnierze królowej mogą pomyśleć, że jesteśmy strażnikami, którzy chcą napaść ich kraj i zaczną do nas strzelać bez ostrzeżenia, to... nie, nic - stwierdził lekko.
Oni popatrzyli na niego z przestrachem.
- Strzelać bez ostrzeżenia...? - wymamrotał Sylwester.
- No tak, w końcu jesteśmy na terytorium wroga, to znaczy oni tak o nas myślą, prawda? Jako o naszych wrogach - poprawił się szybko.
Poczuł na sobie spojrzenie Blanki.
- Ariel - odezwała się.
Zamrugał szybko.
- Tak? - zapytał miękko, spoglądając na nią zdumiony.
Ona otworzyła usta, ale nic nie powiedziała.
- Coś się stało? - spytał, widząc niepokój na jej twarzy. - Blanko, coś ci jest?

– Nie… nic – mruknęła.

Widział, że była czymś zaniepokojona, ale nie było teraz czasu, żeby o tym porozmawiać. Znów zmniejszył prędkość.

– Patrzcie na liczniki, widzicie? Musimy zejść jeszcze niżej – instruował, a ci przyglądali mu się uważnie. – Spójrzcie na mapę, czy nie ma jakichś gór po drodze, które musimy ominąć.

– Nie, jest czysto – odparł Rajmund.

Kątem oka dostrzegł czerwony błysk.

– Tam! Jakiś autolot się do nas zbliża! – wykrzyknął Sylwester.

– Tak, zauważyłem – mruknął Ariel, schodząc znów o kilka stopni w stronę ziemi. – To maszyna zwiadowcza królowej. Musimy się przywitać i pokazać, że nie mamy złych zamiarów.

Chwycił za stery i pokiwał autolotem na boki, powoli, tak aby tamci to zauważyli.

– Okrąża nas… – powiedział Sylwester patrząc na hologram. – A teraz jest przed nami.

– Na pewno wzbudzamy spore zainteresowanie… – mruknął Ariel.

Naraz niewielkich rozmiarów autolot nadleciał z góry i pojawił się przed ich kokpitem. Ujrzeli kilka osób w środku, które bacznie im się przyglądały. Ariel nacisnął na hologramie i wyświetlił się wielki napis na przedniej szybie: CYWILE.

– To ich może nie przekonać, ale zawsze to jakiś sygnał – stwierdził, patrząc jak zareagują tamci.

Światła autolotu znajdującego się przed nimi błysnęły na pomarańczowo.

– Dali nam znak, że mamy natychmiast schodzić – powiedział. – Przygotujcie się, lądujemy.

Opuścił stery i wielki transporter zaczął coraz bardziej opadać. Widzieli teraz wyraźnie góry dookoła nich, a w oddali światła oraz coś na kształt lotniska z krótkim pasem startowym. Niewielki autolot królowej zanurkował w tamtą stronę, a oni polecieli za nim. W śnieżnym krajobrazie rozpoznawał już budynki wojskowe rozstawione za ogrodzeniem z drutu kolczastego. Instynktownie policzył wszystkie strażnice, wszystkie działka, które stąd widział i zaczął się zastanawiać, ilu ludzi broni tego miejsca i czy udałoby mu się samemu je sforsować...

„Zaraz, o czym ja myślę?" – przyłapał się. „Przecież mam tylko odwieźć ich do królowej, a ja... a ja..."

Nie mógł się teraz rozpraszać, bo właśnie lądowali. Na ziemię opadł mały autolot żołnierzy królowej, oni mieli być następni. Spojrzał na Sylwestra i Rajmunda gotowych, aby lądować. Unosili się tuż nad ziemią, ale jemu coś nie dawało spokoju.

– Zaraz, co ja tu robię? Przecież ja mam inną misję – stwierdził na głos.

Chwycił za stery i poderwał maszynę do góry zanim ta zdążyła dotknąć kołami podłoża. Manewr był tak gwałtowny, że polecieli do tyłu, wbici w fotele. Blanka krzyknęła, a za nią Rajmund i Sylwester.

– Co ty robisz?! – zawołała przerażona. – Ariel, ląduj!

– Siedź cicho! – burknął. – Lecimy prosto do królowej! Wprosimy się na jej obiad!

Zaśmiał się ochryple.

– Sylwester, ląduj! – zawołała kobieta. – Ląduj! Nie słuchaj go, on ma atak! Nie jest sobą!

Sylwester złapał za stery i zaczął lądować. Transporter znów opadł.

– Ej, ty, kazałem ci się wtrącać? – warknął Ariel.

Kopniakiem strącił Sylwestra z fotela drugiego pilota, a ten runął twarzą do ziemi.

– Rajmund! – zawołała kobieta. – Ląduj! Przejmij stery!

– Nie! – krzyknął Ariel, próbując i jego dosięgnąć, ale Rajmund siedział dalej i nie mógł go strącić.

Rajmund pochwycił stery i zaczął opuszczać maszynę, a on widząc to, w tym samym czasie zaczął ją podnosić.

– Puszczaj stery, bo inaczej się zablokują, ty kretynie! – zawołał na Rajmunda.

– Sylwester, złap go! – zawołała Blanka.

Mężczyzna, oszołomiony uderzeniem, zerwał się z ziemi i pochwycił Ariela za barki, chcąc go unieruchomić, ale on błyskawicznie obrócił się i rzucił nim o panel sterowania. Ten zatrzeszczał i zamigotał, a maszyną zaczęło trząść. Sylwester zaczął się szarpać z Arielem, ale tamten naraz wyciągnął pistolet.

– Ani kroku, bo odstrzelę ci łeb! – zagroził.

– Ariel, nie! – jęknęła kobieta.

– Zamknij się! – zawołał na nią z wściekłością. – Mówiłem ci, żebyś mnie tak nie...!

W tej samej chwili Rajmund pchnął dźwignię sterowania i maszyna uderzyła o ziemię. Podskoczyli w kokpicie i zaczęło nimi miotać na wszystkie strony. Blanka i Rajmund jako jedyni byli przypięci pasami i oni pozostali na swoich miejscach, ale Ariel i Sylwester zwalili się na posadzkę. Rajmund w ostatniej chwili złapał za hamulec i transporter zatrzymał się, ryjąc nosem w śniegu.

Ariel ocknął się na podłodze. Zerwał się na równe nogi.

– Co wy robicie? – zawołał, widząc pobojowisko i to jak maszyna leży krzywo na ziemi. – Przecież mieliście wylądować!

Rajmund i Sylwester popatrzyli na niego z przerażeniem.

– Ale ty... – zaczął Sylwester.

– Co ja? – zawołał, podchodząc do panelu sterowania i sprawdzając parametry. – Co wy tu żeście narobili? Kto to tak rozwalił?

– Ty – odparł Sylwester.

On popatrzył na nich zdumiony. Obejrzał się na Blankę. Siedziała w fotelu i patrzyła na niego poważnie. W jej oczach tlił się strach.

– Ja...? – zapytał ją.

Ona pokiwała głową.

– Tak, ty.

Spuścił wzrok. Dopiero teraz zorientował się, że ściska w swojej dłoni pistolet. Przełknął ślinę i schował go pospiesznie za pasek spodni. Wtem zauważył jakiś ruch za szybą. W oddali szli do nich żołnierze królowej uzbrojeni w karabiny. Natychmiast się wyprostował.

– Wychodzimy – oznajmił twardo. – Ale najpierw ubierzcie się – rozkazał i sam zaczął wkładać na siebie pospiesznie ocieplany kombinezon strażnika.

Tamci ubrali się także. Blanka stanęła z boku.

– Ariel... – zaczęła cicho.

On bez słowa chwycił ją pod łokieć i zabrał ze sobą.
- Ariel, co ty robisz? - spytała zdumiona.
- Cicho bądź, przydasz mi się - powiedział złowieszczo.
- Ariel, nie...! - krzyknęła, ale on zasłonił jej usta dłonią i otworzył boczny właz.
Wyszli na zewnątrz. Zimne powietrze uderzyło ich w twarze, a oczy oślepił blask śniegu. Wypchnął kobietę przed siebie, trzymając ją za ramię, a drugą ręką zakrywając jej usta. Ona próbowała się wyrwać, ale on trzymał mocno.
- Jak tam chłopaki? - zagadnął jak gdyby nigdy nic idących do nich żołnierzy. - Przyjemny dzień, co?

...przydasz mi się...

Tamci zatrzymali się w półokręgu mierząc do nich z karabinów.

– Stać! – zawołał główny dowodzący grupką żołnierz. – Kim jesteście i co robicie na granicy Oczu Królowej?

– A tak sobie przylecieliśmy – odparł, wciąż trzymając Blankę przed sobą jak tarczę. – Chcieliśmy odwiedzić waszą panią. A co, nie można?

– Co to było z tym lądowaniem? – zawołał na niego żołnierz. – I czemu trzymasz tak tę kobietę? Kto to jest?

– To? – pokazał na Blankę. – To jest tylko świątynna dziewka, bardzo krnąbrna i nieposłuszna. Ma za długi język i jeszcze mogłaby coś…

Nie dokończył, bo w tej samej chwili poczuł na swojej dłoni ucisk ostrych zębów. Wrzasnął i puścił ją.

– Nie słuchajcie go…! – zawołała Blanka. – On jest…!

Szybko zasłonił jej usta przedramieniem, uciszając ją. Ona bezskutecznie gryzła gruby kombinezon, w który był ubrany. Żołnierze natychmiast skierowali lufy karabinów na niego.

– Puszczaj ją! – zawołał dowódca grupki.

On uśmiechnął się cwanie.

– Proszę bardzo… – mruknął.

Puścił jej ramię, które trzymał za jej plecami i w tej samej chwili złapał za pistolet. Przyłożył lufę do jej głowy, a drugim ramieniem przycisnął ją do siebie. Ona zaczęła krzyczeć i wierzgać, próbując odepchnąć jego ramię od swojej twarzy, ale on trzymał ją mocno.

– Dajcie mi wasz śnieżny ścigacz, a puszcze ją! – zawołał do żołnierzy.

Ci nie drgnęli.

– Inaczej będziecie mieć ją na sumieniu! – dodał przekręcając spust w pistolecie.

– Ty ją będziesz miał na sumieniu! – odparł twardo żołnierz.

– Jak sobie chcecie… – syknął.

Usłyszał jakiś ruch za sobą. Obejrzał się błyskawicznie i ujrzał Sylwestra. Mężczyzna rzucił się na niego, ale on był szybszy. Strzelił, trafiając go w brzuch. Sylwester runął na wznak prosto w śnieg. Na ten widok Blanka wierzgnęła z całej siły i udało jej się na moment oswobodzić twarz z jego ramienia.

– NIE, ARIEL! – wrzasnęła. – COŚ TY ZROBIŁ?!

On drgnął zaskoczony na dźwięk jej głosu, a ten moment zawahania natychmiast wykorzystali żołnierze królowej. Usłyszał strzały i poczuł jak kula przeszywa mu ramię, to, którym obejmował Blankę. Puścił ją, a ona wyrwała się z jego uścisku i odbiegła na bok do Sylwestra, który leżał nieprzytomny na ziemi.

– Strzelać w niego! To jakiś szpieg! – zawołał dowódca.

– Zaatakował nas łowca Wielkich Rządzących!...

Ariel rzucił się w śnieg, przeturlał się i schował za wystające skrzydło autolotu. Słyszał jak pocisku uderzają w blachę i rykoszetują. Zobaczył jak przy włazie do transportera wychylają się pojedynczy ludzie, personel Blanki, a widząc co się dzieje na zewnątrz, z krzykiem uciekali do środka. Ariel tymczasem odpowiadał ogniem na ich strzały. Strzelał lewą ręką, tak samo sprawną jak prawą. Zranił dwóch żołnierzy, jednego uśmiercił, ale ich wciąż przybywało. Dowódca wydawał krótkie komunikaty

Mikael uniósł karabin..

przez swój komunikator. Poprzez świst kul usłyszał jak mówił wyraźnie:

– Sprowadźcie Mikaela...!

Na dźwięk tego imienia poczuł jak krew gotuje mu się w żyłach. Wybiegł zza skrzydła autolotu i ruszył na nich jak taran. Biegł zygzakiem, równocześnie strzelając, a każdy z jego strzałów był śmiertelnie celny. Dowódca oddziału widząc to, odważnie wyszedł mu naprzeciw i strzelił. Pocisk trafił go w nogę. Ariel zachwiał się, ale nie stracił impetu. Wparował w sam środek żołnierzy królowej i rozpoczął krwawą jatkę. Nie patrzył nawet, jak strzela. Nie myślał o tym, co robi. Wszystko trwało kilka sekund.

– Zaatakował nas łowca Wielkich Rządzących! Ma cały transporter wojskowy...! To niebezpieczny szaleniec...! – usłyszał nadawany komunikat jednego z żołnierzy.

Ariel zastrzelił go, zanim tamten zdążył skończyć. Otarł twarz od krwi i obejrzał się na plac. Dookoła niego leżały trupy strażników. Śnieg zabarwił się na różowo. Usłyszał jakiś płacz. Podniósł głowę i zobaczył kobietę klęczącą przy nieruchomym mężczyźnie.

– Coś ty zrobił?! Coś ty zrobił, Ariel?! – zawołała na niego z wyrzutem. – Zabiłeś Sylwestra!

Drgnął. Coś go tknęło, ale zaraz odsunął te myśli od siebie. Pobiegł w stronę zabudowań żołnierzy, szukając śniegowego ścigacza. Znalazł go w jednym z hangarów. Wsiadł na niego, zasunął przezroczystą zasłonę i zastartował, ale naraz usłyszał huk autolotów. Spojrzał w niebo. Zobaczył nad sobą kilkanaście niewielkich maszyn. Jedna z nich zatrzymała się tuż nad nim. Klapa z boku autolotu rozsunęła się i na lince zjechało kilku żołnierzy. Ariel nie czekał, aż do niego przybiegną. Zapuścił silnik i rzucił się do ucieczki kierując się w stronę najbliższych drzew.

Autoloty posłały za nim serię z karabinów maszynowych. Kule uderzały w pnie drzew, a kilka utkwiło w kadłubie ścigacza. Pociski zbombardowały szybę, robiąc w nich coraz większe otwory. Ariel, mimo, że jechał na pełnej mocy, słyszał jak go doganiają. Okrążyli go. Jeden z autolotów wypuścił siatkę. Stalowe linki natychmiast oplotły ścigacza i haczykami zaorały w zmarzniętej ziemi. Ścigacz przewrócił się, szklana osłona pękła, a on runął w śnieg. Oszołomiony, podniósł się na kolana, ale w ten samej chwili podbiegło do niego kilkunastu żołnierzy. Jeden z nich kopniakiem pozbawił go pistoletu, a dwóch pozostałych skuło go magnetycznymi opaskami. Przewrócili go na plecy i zobaczył nad sobą kilka zakapturzonych postaci ubranych na biało. Jedna z nich ściągnęła kaptur i ujrzał parę intensywnie niebieskich oczu.

Przeszył go dreszcz aż do szpiku kości.

Znał tego człowieka.

– Mikael... – jęknął przerażony.

On też go rozpoznał. Na moment zamarli oboje.

– Panie, na co czekasz? Zastrzel go! – zawołał jakiś żołnierz stojący obok niego.

Mikael uniósł karabin. Ariel zamknął oczy, czekając na huk. Ale zamiast wystrzału, poczuł przeszywający ból w skroni i wszystko pociemniało.

ROZDZIAŁ VIII

Siedział przykuty stalowymi łańcuchami do stołu w niewielkim pokoju bez drzwi i okien, o gładkich ścianach. Na środku stał tylko stolik i dwa krzesła. Krzesło na wprost niego było puste. Czekał.

Skroń, w którą uderzył karabin, pulsowała tępym bólem. Miał wrażenie, że tkwią tam w środku rozżarzone gwoździe, które wwiercają mu się w czaszkę przy każdym najmniejszym ruchu. Ktoś opatrzył mu rany, kiedy był nieprzytomny. Miał też na sobie inne ubranie, więzienną szarą koszulę i spodnie. Był boso. Nerwowo oblizywał wargi. Strasznie chciało mu się pić.

Wtem szklana ściana na wprost niego rozsunęła się i w progu stanął wysoki mężczyzna o jasnych włosach, ubrany w elegancki płaszcz. Ariel natychmiast wyprostował się na jego widok. Zmierzyli się oboje spojrzeniami. To był dowódca straży granicznej królowej. Mikael.

Mężczyzna usiadł na krześle na wprost i spojrzał na niego. Ariel zamarł. Otworzył usta, chcąc coś powiedzieć, ale zaraz je zamknął. Nie miał nic na swoją obronę. Mógł tylko czekać na wyrok.

– Ariel.

Ariel skulił się w sobie na dźwięk jego surowego głosu.

– Co ty tu robisz? – zapytał Mikael.

Ariel odwrócił od niego głowę. Nie był w stanie dłużej na niego patrzeć. Zacisnął mocno szczęki i zaczął dyszeć.

– Ariel, spójrz na mnie.

Ale on nie podniósł na niego oczu. Minęło tak kilka minut.

– Nic nie powiesz? – spytał Mikael.

Ariel milczał, z głową odwróconą w bok. Dowódca westchnął i oparł się na krześle.

– Przestań się wygłupiać – odezwał się znów Mikael. – Przyleciałeś tu największym transporterem wojskowym jaki istnieje, zabiłeś mi dziesięciu ludzi i chciałeś uciec skradzionym ścigaczem, żeby zabić królową, a teraz nie masz odwagi, żeby spojrzeć mi prosto w oczy? – powiedział z wyrzutem.

– Ariel, coś ty ze sobą zrobił...?

Ariel niechętnie podniósł na niego wzrok. Zobaczył niebieskie oczy mężczyzny wpatrzone w niego z uwagą, czyste jak ocean. Przerażały go głębią i przenikliwością. Miał wrażenie, że on już wszystko o nim wie.

– Ariel, coś ty ze sobą zrobił?

W jego głosie słyszał smutek i to najbardziej go zabolało. Nie odpowiedział.

– Za to co zrobiłeś, powinienem był zastrzelić cię na miejscu.

Ariel przełknął ślinę.

– To dlaczego tego nie zrobiłeś? – spytał cicho, patrząc na swoje dłonie przypięte do stołu.

Mikael nie odpowiedział od razu.

– Rozmawiałem z tą lekarką – powiedział po chwili Mikael.

– Mówiła mi o twoim przypadku. O tym, że masz mutacje, rozdwojenie jaźni...

– Nie mam żadnego rozdwojenia jaźni – warknął.

– I o tym, że robiono na tobie eksperymenty – mówił dalej.

– Powiedziała, że zaprogramowano ciebie, abyś zabił królową Elenę. I że im uciekłeś.

Ariel nie wyrzekł na to ani słowa.

– To prawda? – zapytał go.

Wzruszył ramionami.

– A jakie to ma znaczenie... – mruknął.

– Jeżeli to prawda, to nieco zmienia postać rzeczy – powiedział Mikael. – To by znaczyło, że kiedy nas zaatakowałeś, to nie do końca nad sobą panowałeś. Myślę, że...

Zawahał się. Ariel podniósł na niego wzrok. Mikael patrzył na niego poważnie, ale i spokojnie.

– Myślę, że to mogłoby nieco złagodzić twój wyrok.

– Więc zamiast zabić mnie od razu, zabijecie mnie później? – prychnął.

– Nie.

Mikael nachylił się nad stołem i splótł palce dłoni ze sobą.

– Dostaniesz wyrok, który odpracujesz w formie pomocy społecznej. Nie będziesz siedział bezczynnie w celi, będziesz pomagał innym. Zostaniesz również poddany leczeniu.

Ariel spuścił wzrok.

– Mnie się już nie da wyleczyć – powiedział. – Mutacja zbyt mocno postępuje. Zostało mi jakieś pół roku życia, więc daruj sobie te prace społeczne i od razu mnie zastrzel. Przynajmniej zaoszczędzisz mi cierpienia.

– Nie.

Jego twardy ton był głosem dowódcy, który nie znosi nieposłuszeństwa. Ariel spojrzał na niego.

– Nie masz nawet odrobiny litości nade mną? – skwitował gorzko.

Mikael milczał chwilę, przyglądając mu się z uwagą.
- Powiedz, kto ciebie zaprogramował na tę misję? - zapytał.
- Kto robił na tobie te eksperymenty?

Ariel otworzył usta, ale zdał sobie sprawę, że w głowie ma pustkę.
- Nie pamiętam... - powiedział zdziwiony.

Mikael obserwował go.
- Mów - powiedział z naciskiem. - Kto ci to zrobił? Na pewno pamiętasz.

Ariel zmrużył oczy. Ból głowy zaczął się nasilać. Miał wrażenie, że skroń zaraz mu pęknie.
- Nie wiem, nie pamiętam... - syknął.
- Mów, Ariel, im więcej powiesz, tym lepiej dla ciebie.
- Nie rozumiesz, że nie mogę sobie przypomnieć? - rzucił oschle.

Dłonie zaczęły mu dygotać i metalowe łańcuchy uderzały z terkotem w stół. Nie potrafił tego powstrzymać. Serce biło mu bardzo szybko i miał wrażenie, że zaraz wyskoczy mu z piersi.
- Ariel, uspokój się - powiedział Mikael, widząc jak jego dłonie zaczynają podskakiwać razem z całym stołem.
- Zostaw mnie - syknął. - Zostaw mnie i przestań mnie dręczyć!
- Głos ci się zmienił - powiedział Mikael.

Ariel spojrzał na niego z wściekłością.
- Po coś tu przyszedł? - warknął. - Przyszedłeś się nade mną znęcać jak tamci?

Zobaczył, że dowódca zesztywniał.
- Twoje oczy... A więc to prawda, co mówiła ta lekarka. Ty rzeczywiście masz rozszczepienie osobowości.
- Zaraz ty będziesz miał rozszczepienie szczęki! - zawołał.

Szarpnął się z całych sił, aż zadygotał stół. Mikael nie cofnął się.
- Nie szarp się - powiedział spokojnie. - Te zabezpieczenia są z orionu. Nie przerwiesz ich.
- Taki jesteś tego pewien? - syknął.

Zaczął znów szarpać łańcuchami. Stół latał we wszystkie strony.

– Ariel...
– Nie nazywaj mnie tak! – warknął. – Ja nie jestem Arielem!
– A kim jesteś? – spytał Mikael.
– Ja jestem Jakob.
Mikael uniósł lekko brwi. Nie wyglądał na zaskoczonego.
– Ta postać, którą sobie wymyśliłeś jako dziecko? – zapytał.
– Ja go nie wymyśliłem, on istnieje naprawdę! – zawołał.
– Tak... Bo to ty go stworzyłeś.
Ale on już nie słuchał go. Z rykiem szarpnął łańcuchami i wyrwał metalowe obręcze razem z deską od stołu. Mikael zerwał się na równe nogi i dobył paralizator.
– Co? Zatkało braciszka? – zakpił.
Zamachnął się i uderzył deską o ścianę, rozbijając ją na kawałki. Teraz z nadgarstków zwisały mu tylko grube łańcuchy. W tej samej chwili Mikael strzelił w niego paralizatorem, trafiając go w lewe ramię. Ariel zachwiał się, a połowa ciała natychmiast mu zwiotczała. Zamachnął się prawym ramieniem i uderzył łańcuchem prosto w pierś Mikaela. On zachwiał się, strzelił z paralizatora, ale nie trafił dobrze. Niebieski promień zamiast w niego, uderzył w nogę od stołu. Ariel stanął nad nim i znów się zamachnął, ale Mikael uskoczył i gruby łańcuch walnął o ziemię w miejscu, gdzie jeszcze przed sekundą leżał.
– Ariel, co w ciebie wstąpiło?! – zawołał, mierząc do niego z paralizatora.
– JA NIE JESTEM ARIEL! – ryknął.
Mikael wystrzelił i ugodził go w twarz. Poczuł jak mięśnie zaczynają mu tężeć. W szale rzucił się na niego i przygwoździł go swoim ciałem do ziemi. Zaczął go dusić. Mikael szarpał się, próbując się wyrwać, ale on trzymał go mocno.
– Mnie też zabijesz... tak jak rodziców...? – wydyszał Mikael, siłując się z nim.
Ariel drgnął.
– Nie – powiedział naraz zdumiony. – Nie chcę cię zabić.
Rozluźnił uścisk, a Mikael natychmiast to wykorzystał. Chwycił go za ramię i uderzył go w głowę jego własnym łańcuchem, rozbijając mu skroń. Ariel wrzasnął. Poczuł, że coś pęka mu w środku. Pewien, że to jego czaszka, nie potrafił zrozumieć jakim

cudem jeszcze utrzymywał się na nogach. Mikael chwycił za paralizator i przyłożył mu go do skroni, tam, gdzie zrobiła się żywa rana. Niebieski promień oślepił go i stracił świadomość.

✶✶✶

Obudził się w innym pokoju, dźwiękoszczelnej celi o gładkich ścianach z jednym wąskim łóżkiem z twardym materacem. Ariel spróbował się podnieść, ale nie był w stanie. Głowę miał ciężką jak głaz. Nie czuł połowy twarzy i połowy ciała. Chciał coś powiedzieć, ale tylko mlasnął ustami. Zorientował się, że jest przypięty pasami do łóżka i do ramienia podczepiono mu rurkę z lekarstwem. Słyszał szum aparatury, ale nie miał siły odwrócić głowy, żeby spojrzeć w bok. Mógł tylko patrzeć przed siebie.

– Obudziłeś się… – usłyszał naraz czyjś delikatny głos.

Zamrugał zaskoczony. Był pewien, że już nigdy nie usłyszy tego głosu. Zobaczył zaraz nad sobą miłą twarz o ładnych rysach.

– Blanka… – szepnął spieczonymi ustami.

Ona uśmiechnęła się smutno. Zwilżonym wacikiem otarła jego usta.

– Co ty…? – spytał nieśmiało, nie mając odwagi dokończyć.

– Pozwolono mi się tobą zająć – powiedziała. – Aż wydobrzejesz po operacji.

– Operacji…?

– Tak. Będziesz miał operację mózgu. W twojej skroni jest odbiornik. Mikael uderzył cię tam kolbą karabinu, a potem strzelił paralizatorem. Wiązka promieni wyłączyła odbiornik, ale chip nadal pozostał w twojej głowie. Trzeba go usunąć, ale…

Umilkła na chwilę. Ariel patrzył na jej smutną twarz.

– Ale co? – spytał.

Blanka poprawiła jego kołdrę.

– Chip jest osadzony głęboko i… Istnieje ryzyko, że podczas operacji możesz stracić pamięć. Częściowo lub całkowicie. Lub nawet…

Nie dokończyła.

– Umrzeć? – dokończył za nią.

Zacisnęła mocno usta i spojrzała w bok.

– Mikael przysłał mnie tu, żebym ciebie zapytała, czy chcesz się na to zgodzić – powiedziała cicho. – Jeśli nie zechcesz, nadajnik zostanie w twojej głowie i prawdopodobnie pozbawiony zasilania zacznie się rozkładać i zatruwać twój mózg, doprowadzając cię powoli do szaleństwa. Twoja choroba i mutacje tylko pogorszą ten stan, więc tak czy inaczej grozi ci śmierć.

Przełknął ślinę.

– Zróbcie ze mną, co chcecie – powiedział. – Może to i nawet lepiej jeśli stracę pamięć. Nie będę pamiętał przynajmniej tych złych rzeczy, które zrobiłem. To, jak cię skrzywdziłem... Zabiłem Sylwestra...

– Nie zabiłeś go, on żyje – powiedziała szybko Blanka. – Jest w ciężkim stanie, ale jest stabilny. Zraniłeś go tylko dość poważnie.

– Myślałem, że nie żyje, mówiłaś, że go zabiłem...

Przypomniał sobie jak przez mgłę ten moment, kiedy Blanka na niego krzyczała, klęcząc w śniegu przy nieruchomym sanitariuszu.

Zobaczył, że Blanka zmieszała się.

– Wiesz... W końcu nie jestem prawdziwą lekarką i... Pomyliłam się w ocenie – powiedziała. – Zobaczyłam dużo krwi, przestraszyłam się i myślałam, że to koniec, ale... Potem wyczułam jego puls i przewieziono go do szpitala polowego.

Ariel odetchnął ciężko.

– Jeden grzech mniej na moim sumieniu – skwitował.

Ona popatrzyła na niego z troską.

– A co z resztą? – spytał. – Twoi pacjenci...?

– Są bezpieczni. Królowa przekazała nam niewielki budynek, w którym możemy się zatrzymać. Budynek wymaga remontu, ale na razie jest zdatny do użytku. O remontach pomyślimy później, kiedy no, trochę się zadomowimy i... – Westchnęła. – W każdym razie mogę tam kontynuować moją pracę i pomagać chorym. Mam na to pozwolenie od królowej.

Ariel popatrzył na nią ze smutkiem.

– Blanko, czy mi kiedyś wybaczysz? – zapytał.

Ona spojrzała na niego łagodnie.

– Co mam ci wybaczyć? – spytała delikatnie.
Przełknął ślinę.
– Wszystko.
– Ariel, wiem, że nie byłeś wtedy sobą… – zaczęła.
– Mogłem cię zabić…
– Nie zabiłbyś mnie – przerwała mu. – Nie zrobiłbyś tego.
– Przyłożyłem ci pistolet do głowy, pamiętam to…
Ona położyła mu dłoń na sercu.
– Jakob powiedział mi, że nie potrafi zrobić nic wbrew tobie – odparła. – Że to ty powstrzymujesz go.
Ariel zamrugał szybko.
– Dlatego wierzę, że i wtedy go powstrzymałeś. On jest w tobie, Ariel, ale nie on decyduje o tobie, tylko ty.
Ariel odwrócił wzrok, czując, że pieką go oczy.
– Mogłaś wtedy wziąć ten pistolet – powiedział ochryple. – Mogłaś mnie zastrzelić, wtedy nie zabiłbym tych ludzi i…
– Ariel – przerwała mu. – Uspokój się, przecież wiesz, że nie byłabym w stanie tego zrobić.
On popatrzył na nią zmieszany.
– Nienawidzisz mnie…? – zapytał ją szeptem.
– Nie, Ariel – odparła łagodnie. – Jesteś chory i potrzebujesz pomocy, a nie potępienia, rozumiesz? Rozumiesz mnie?
Przytaknął, mrużąc powieki.
– Myślisz, że ja z tego wyjdę? – zapytał. – Myślisz, że jest jeszcze dla mnie jakaś nadzieja…?
Ona popatrzyła na niego poważnie, ale i ciepło.
– Zawsze jest jakaś nadzieja.
Dotknęła jego szorstkiego policzka. Jej dotyk był jak ukojenie.
– Blanko, muszę ci coś powiedzieć – odezwał się. – Zanim rozkroją mi mózg i wszystko zapomnę…
– Co takiego?
– Ten Jakob to postać, którą sobie wymyśliłem jako dziecko – powiedział.
Wziął głęboki oddech.

– Byłem najmłodszy z rodzeństwa i trochę byłem takim popychadłem. Starsi bracia byli odważni i przebojowi, a ja byłem taki... nijaki. Zazdrościłem im, że oni wiodą takie szalone, pełne przygód, rozrywkowe życie, że zostali strażnikami i są kimś. Też chciałem być strażnikiem... Więc po cichu wymyśliłem sobie, że jestem kimś innym, kimś równie silnym i odważnym...

Spojrzał na nią. Blanka słuchała go uważnie.

– Takim super bohaterem.

– Raczej czarnym charakterem – wtrąciła.

– Wtedy było to dla mnie obojętne, po której jestem stronie, chciałem po prostu być kimś ważnym, żeby... – zawahał się, bo zrozumiał jak głęboko dokopał się do swoich uczuć.

Spojrzał na nią onieśmielony tym, co chciał jej powiedzieć, bo zdał sobie sprawę, że jeszcze nikomu nigdy o tym nie mówił. Blanka delikatnie dotknęła jego ręki, zachęcając go, by mówił dalej.

– Chciałem, żeby oni mnie wreszcie zauważyli – powiedział bardzo cicho. – Żeby też widzieli we mnie kogoś wspaniałego... Moi bracia i moi rodzice...

Odwrócił od niej wzrok. Wstydził się tego, co mówił.

– Więc udawałem, że jestem inny, udawałem, gdy poszedłem do szkoły oficerskiej i jak łapałem pierwszych chrześcijan i...

Przełknął ślinę. Nie chciało mu to przejść przez gardło. Blanka nie poganiała go. Nic nie mówiła, tylko delikatnie gładziła go po ręce. On patrzył na jej drobną dłoń.

– I jak byłem z kobietami, też udawałem kogoś innego... Cały czas grałem kogoś, kim nie byłem, bo... bałem się, że... że nikt nie zechce mnie takiego... zwyczajnego...

Zakrztusił się, jakby ktoś trzymał go za gardło.

– I jak potem moi bracia postanowili wydać naszych rodziców... Wtedy też udawałem, że o niczym nie wiem i pozwoliłem ich wydać... – wyznał.

Zaczął się krztusić i trząść.

– Uciekłem jak tchórz, a oni ich dopadli i wydali... Gabriel powiedział, że nie było innego wyjścia, że mając takich rodziców nigdy nie przyjmą nas do wyższej kadry i zawsze będziemy podejrzanymi... – mówił urywanym głosem. – A potem dostaliśmy za to awans... My wszyscy... Ja, Gabriel, Rafael i Uriel... Tylko Mikaela nie było z nami, bo on odszedł dawno ze szkoły oficerskiej i nie chciał mieć z tym nic wspólnego... I z nami też.

Kaszlnął. Miał wrażenie, że coś utkwiło mu w gardle.

– Ten Mikael? – Blanka spytała cicho. – Ten dowódca strażników granicznych królowej?

Pokiwał głową.

– To jest twój brat?

– Tak...

Blanka westchnęła ciężko.

– Zdałem sobie sprawę, że większość mojego życia kłamałem, udawałem kogoś, kim nie jestem i potwornie się bałem...

– A czego się bałeś? – zapytała delikatnie.

Kaszlnął znów tak mocno, aż łzy popłynęły mu po twarzy. Nie potrafił tego powiedzieć. Wstyd tak bardzo go dusił, że zaciskał mu gardło. Długo milczał. Blanka pogładziła go po dłoni.

– Ariel, nie musisz mówić, jeśli nie...

– Bałem się, że nie jestem wystarczająco dobry – wydusił z siebie wreszcie. – Że nie jestem wart, żeby... żeby mnie...

Umilkł i zaciął się w sobie.

– Żeby cię pokochać? – podpowiedziała miękko.

Odważył się i podniósł na nią wzrok. Jej spojrzenie nadal było łagodne, takie, przy którym mógł odpocząć. Nic nie powiedziała, tylko uścisnęła mocno jego rękę.

– Jeszcze nigdy nikomu o tym nie mówiłem – powiedział. – Nigdy nikomu... Nie... Nie gardzisz mną?

– Dlaczego miałabym tobą gardzić? – spytała delikatnie. – Przecież ja wcale nie byłam od ciebie lepsza.

– Ty jesteś taka dobra...

– Ale nie zawsze taka byłam – powiedziała. – Ja też udawałam i grałam kogoś, kim nie byłam... Wiesz dobrze, czym zajmują się świątynne nierządnice...

– Wiem, bo sam do nich chodziłem – mruknął. – Pewnie dlatego wydawałaś mi się taka znajoma...

Uśmiechnęła się smutno.

– Dlaczego taka piękna kobieta jak ty zajmowała się czymś takim?

– Wtedy jeszcze tak o sobie nie myślałam – powiedziała cicho. – I byłam biedna, a praca w świątyni w krótkim czasie dawała duży zarobek.

– To jak to się stało, że stamtąd odeszłaś?

Blanka westchnęła płaczliwie, tak jakby wspominanie tego na powrót otworzyło w jej sercu jakąś ranę.

– Miałam zostać złożona w ofierze Rubinowi podczas święta – wyznała drżącym głosem. – Dali mi jakieś środki odurzające i...

Ariel patrzył na nią uważnie.

– Ale wtedy wydarzyło się coś nieoczekiwanego – powiedziała Blanka, a jej oczy nabrały niezwykłego blasku. – Ktoś stanął w mojej obronie.

– Kto?

– Królowa Elena – powiedziała. – Wtedy jeszcze udawała królową Serenę, ale to była ona, królowa Elena, dziewczyna w moim wieku...

Jej głos zadrżał.

– Sprzeciwiła się temu rytuałowi i kazała mnie uwolnić – powiedziała. – I przekazała mi część majątku, który otrzymała jako podarek od kapłanów za przybycie do Nerek. To za to potem otworzyłam ośrodek – dodała.

Otarła twarz od łez.

– Kiedy doszłam do siebie i dotarło do mnie co się stało, odeszłam ze świątyni, pozbawiłam się identyfikatora i zaczęłam żyć na własną rękę, z tego, co otrzymałam od Eleny. Zaczęłam pomagać innym, ratować ich przed śmiercią tak, jak mnie kiedyś uratowano i tak trafiłam na chrześcijan. Przyjęli mnie do swego grona, a ja przyjęłam ich wiarę. Zrozumiałam, że... to tak naprawdę Bóg mnie ocalił. Elena była tylko narzędziem w Jego rękach.

Spojrzała na niego smutno.

– Niestety moje przyjaciółki ze świątyni nie miały tyle szczęścia co ja...

– Ten monument na cmentarzu – podchwycił Ariel. – To dlatego tam przychodziłaś...

– Tak...

Westchnęła.

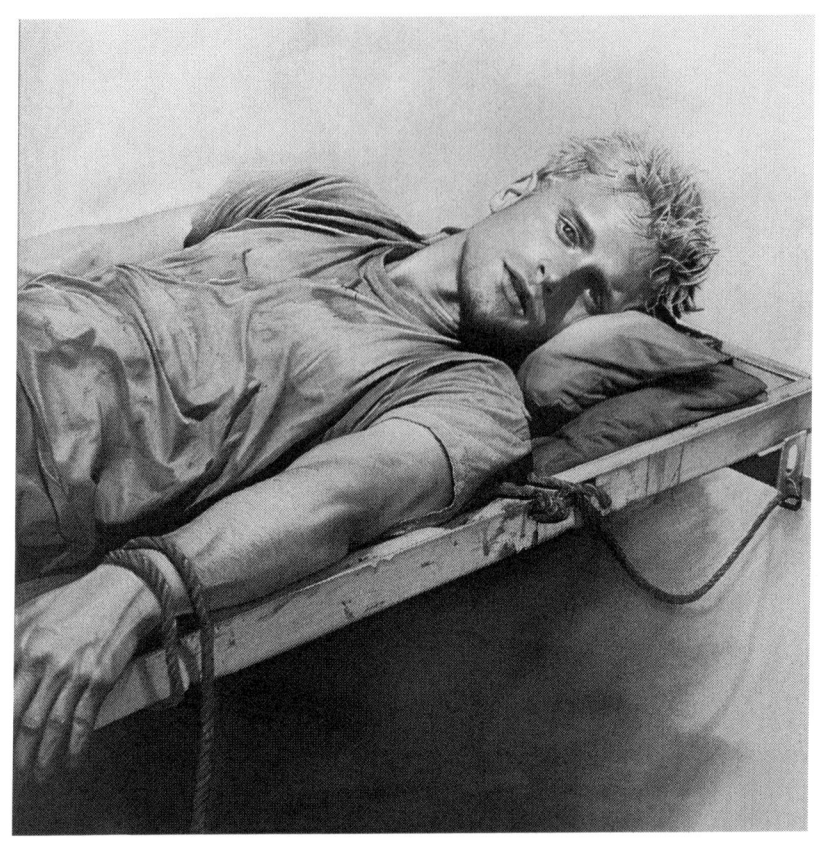

...proszę, pamiętaj o mnie...

– Widzisz, tak naprawdę niewiele nas różni – powiedziała. – Ja też nosiłam swoją maskę ukrywając się ze strachu, co sobie o mnie inni pomyślą. Ale wiesz, kiedy przyjęłam wiarę, zrozumiałam, że Bóg kocha mnie bez względu na to kim byłam i co robiłam. Wybaczył mi, a ja zaczęłam nowe życie. Prawdziwe życie. Życie bez strachu.

– I nie boisz się już pokazywać prawdziwej siebie? – zapytał.
– Nie – odparła. – I ty też się nie bój.
Popatrzył na nią.
– Przy tobie się nie boję – powiedział szczerze.

Uśmiechnęła się słabo. Chciał ją objąć całą, ale był przywiązany pasami do łóżka i nie mógł się ruszyć. Przytrzymał tylko jej dłoń w swoich palcach.
— Dziękuję ci — szepnął.
— Za co mi dziękujesz? — zapytała, nachylając się lekko nad nim.
— Za to, że jesteś.
Uśmiechnęła się słabo.
— I za to, że tu przyszłaś — dodał. — Myślałem, że już nigdy cię nie zobaczę.
Spuściła wzrok.
— Nie chcę o tobie zapomnieć — powiedział, patrząc na jej zarumienioną twarz.
Uścisnął mocno jej dłoń.
— Nie chcę zapomnieć tego, co do ciebie czuję.
Spojrzała na niego zaskoczona.
— Jeśli stracę pamięć, proszę, pamiętaj o mnie — powiedział.
Ona pokiwała głową. Zobaczył w jej oczach łzy.
— Proszę, Blanko…
— Będę o tobie pamiętać — obiecała.

★★★

Obudził się w miękkim łóżku. Słyszał szum urządzeń medycznych. Poruszył się lekko. Poczuł, że dłonie ma spięte magnetycznymi opaskami i przytwierdzone do łóżka, tak samo jak kostki u stóp. Chciał się podnieść, ale tylko jęknął z bólu, a opaski zagrzechotały o ramy łóżka.
— Nie wstawaj — powiedział ktoś.
Ariel zamrugał. Rozejrzał się, patrząc do kogo należy ten głos. Wtem ktoś podszedł do niego, wysoki mężczyzna ubrany w biały płaszcz dowódcy strażników. Ariel rozpromienił się na jego widok.
— Mikael… — szepnął. — Ty…? Jak dobrze cię widzieć…

Mikael usiadł na krześle obok jego łóżka i popatrzył na niego. Był poważny, niemal surowy. Zdziwił się. Sądził, że jego brat ucieszy się na jego widok.

– A więc mnie pamiętasz – powiedział.

– Oczywiście, jak mógłbym ciebie nie pamiętać – odparł Ariel z uśmiechem. – Przecież jesteś moim bratem.

Mikael nie odpowiedział na to.

– Jak się czujesz? – zapytał.

– Chyba... dobrze – odparł znów próbując wstać, ale nie miał na to siły. – Trochę obolały, ale... Dlaczego jestem przypięty do łóżka? – spytał.

– Nie pamiętasz, co się stało? Co ci zrobiliśmy?

Ariel powoli pokręcił głową.

– Byłem chory? – zapytał.

Mikael przyglądał mu się uważnie.

– Miałem jakąś operację? – spytał ponownie.

– Tak – odparł Mikael. – Miałeś operację.

– A co mi było?

– Miałeś... coś w głowie – powiedział ogólnikowo.

– Guza?

– Tak jakby...

Ariel uniósł się lekko na poduszce i rozejrzał po pomieszczeniu. Za oknem widział kawałek błękitnego nieba. Ciepłe promienie słońca padały na jego twarz.

– Gdzie ja jestem? – zapytał.

– Jesteś w szpitalu.

Popatrzył znów wokół.

– Mama i tata też tutaj są z tobą?

Mikael drgnął nieznacznie.

– Ariel, mamy i taty nie ma – powiedział powoli.

– Ale odwiedzą mnie?

Spojrzał na brata i zdziwił się, bo Mikael wyglądał na zdumionego.

– Co...? – chciał zapytać, ale on zaraz wszedł mu w słowo.

– Ariel, co pamiętasz jako ostatnie?

Ariel zmarszczył brwi, próbując się skupić.

– Pamiętam, że Gabriel wrócił ze szkolenia i wziął ze sobą Uriela i Rafaela, żeby z nim pojechali na misję do Nerek – powiedział. – Mieli wrócić za dwa miesiące, a ja zostałem, żeby pomóc rodzicom w gospodarstwie. Już wrócili?

Zobaczył, że twarz Mikaela zesztywniała, jakby ktoś oblał ją lodowatą wodą. Ariel przyjrzał mu się.

– Ty masz na sobie mundur oficerski – zauważył. – A więc jednak skończyłeś szkołę strażników? To czemu oni mówili, że odszedłeś...?

– Ariel, posłuchaj mnie uważnie – zaczął Mikael.

Nachylił się nad nim.

– Byłeś bardzo długo chory, chorowałeś przez kilka lat.

Ariel zamrugał szybko.

– Kilka lat...?

– Tak i... Podczas twojej choroby nasi rodzice zmarli...

Poczuł jak coś ciężkiego opada mu na dno żołądka.

– Co...?

– Gabriel zginął podczas misji, a Rafael i Uriel są uznani za zaginionych – mówił dalej tym ciepłym, głębokim, ale i poważnym głosem. – Zostaliśmy tylko my dwaj.

Ariel popatrzył przerażony po pokoju, jakby zaraz wszyscy zmarli mieli się tu zjawić.

– Ale jak to? Ale jak to się stało...? – wyjąkał. – Przecież rodzice... Co im było? Na co umarli?

Mikael położył mu dłoń na ramieniu.

– To był... nieszczęśliwy wypadek – powiedział uspokajająco.

Ariel chciał zapłakać, ale nie mógł. Był wstrząśnięty.

– A Gabriel? Uriel? Rafael?

– Misja ich przerosła – powiedział tylko.

Ariel jęknął.

– Boże... – wyszeptał. – Mój Boże... Ile lat ja chorowałem? Ja nic z tego nie pamiętam...!

Mikael patrzył na niego ze współczuciem.

– Domyślam się – powiedział. – Chirurg, który cię operował mówił, że możesz stracić pamięć. Obawialiśmy się, że stracisz ją całkowicie, ale na szczęście pamiętasz coś jeszcze ze swojego życia. Pamiętasz, kim jesteś, pamiętasz mnie, rodziców, swoich braci. To są dobre wspomnienia, zachowaj je i pielęgnuj. A resztę…

Urwał i nie dokończył, tylko uśmiechnął się lekko.

– Mikael, ale jak ja mogłem zapomnieć o śmierci rodziców…? – powiedział drżącym głosem.

Mikael nie odpowiedział, tylko patrzył na niego ze spokojem. Zdał sobie sprawę, że jego brat wygląda o wiele poważniej i dojrzalej, niż wtedy, gdy opuszczał dom rodzinny, aby zostać strażnikiem. Rysy mu zmężniały. Teraz przypominał bardzo ich ojca.

– Ile lat ja chorowałem? – zapytał go ponownie.

– Trochę – powiedział zdawkowo Mikael.

Ariel przyjrzał się zmarszczkom wokół jego oczu. Pokiwał głową.

– Trochę… – powtórzył po nim słabo.

Próbował to wszystko ułożyć sobie w całość, ale nadal był zbyt skołowany.

– Dlaczego jestem przykuty do łóżka? – zapytał.

– To dla twojego bezpieczeństwa – wyjaśnił Mikael. – I naszego. Czasem w chorobie dostawałeś niekontrolowanych drgawek, rzucałeś się, krzyczałeś…

– Rzucałem się…? – spytał z niedowierzaniem.

Mikael poskromił uśmiech.

– Trochę.

– Mam nadzieję, że nie sprawiłem wam wiele kłopotów? – zapytał.

Mikael spojrzał w bok i dotknął lekko swojej szczęki. Ariel zauważył, że miał tam ślad, jakby po uderzeniu.

– Nie aż tyle, żeby nie móc tego znieść – odparł lakonicznie.

– Ale… teraz już mnie rozkujecie? – spytał niepewnie.

Mikael spojrzał na niego poważnie.

– Jeszcze nie. Poczekamy, aż trochę wydobrzejesz.

– Mikael, ale przecież ja bym ciebie nigdy nie skrzywdził…

– Poczekamy, aż wydobrzejesz – uciął. – Jest jeszcze parę spraw, które musimy wyjaśnić w związku z twoją chorobą, ale na razie nie myśl o tym i odpoczywaj. W swoim czasie dowiesz się wszystkiego.

Ariel uniósł się nieco na poduszkach.
- Ale...?
- Odpoczywaj.
Mikael wstał i ruszył ku wyjściu.
- Mikael.
Mężczyzna zatrzymał się przy drzwiach.
- Dziękuję ci.

✷✷✷

Powoli dochodził do siebie. Był bardzo osłabiony. Każda czynność zajmowała mu dwukrotnie więcej czasu. Przytępiony umysł działał na wolniejszych obrotach i trudno było mu się skupić. Czasem musiał pytać o coś trzy razy, zanim zapamiętał odpowiedź.

Przez pierwsze trzy dni tylko leżał i jadł trochę mdłej papki, którą zostawiała mu pielęgniarka. Z kilku zdań jakie z nią wymienił dowiedział się, że znajduje się w Oczach Królowej, chrześcijańskiej krainie, o której kiedyś opowiadali mu rodzice. Niewiele jednak zdołał się dowiedzieć o tym, jak tu trafił. Nikt nie chciał udzielić mu informacji. Miał wrażenie, że pracownicy szpitala specjalnie go zbywają. Również Mikael nie powiedział mu więcej, oznajmiając, że przyjdzie na to czas.

Czwartego dnia miał już na tyle sił, że mógł sam usiąść na łóżku. Poluzowano mu nieco łańcuchy, którymi miał spięte nadgarstki, ale nadal go nie rozkuto. Nie pytał o to.

Kończył właśnie jeść, gdy usłyszał pukanie do drzwi.
- Proszę - powiedział, odstawiając miseczkę na stolik.
Drzwi otworzyły się, a on podniósł wzrok, pewien, że zobaczy tam pielęgniarkę. Ale tym razem do jego pokoju weszła inna osoba. Ariel otworzył usta, ale nie powiedział ani słowa. Z wrażenia odebrało mu mowę.

Niesamowicie piękna kobieta miała na sobie elegancką bluzkę i zgrabną spódnicę podkreślającą jej smukłe nogi. Lekko falowane, rudawe włosy sięgały jej ramion. Uśmiechnęła się promiennie na jego widok i podeszła do niego, siadając na krawędzi jego łóżka, tuż przy nim. On podążył za nią zdumionym spojrzeniem. Jej przepiękne oczy, o łagodnym i ciepłym spojrzeniu, miały jasnozielony kolor, jak ocean o poranku. Gdy tylko się do niego zbliżyła, natychmiast owionął go zapach jej perfum. Zamrugał, pewien, że to sen.

– Witaj, Ariel – przywitała się serdecznie.

Miała miły głos o czarującej barwie. Ariel uśmiechnął się niezręcznie.

– Witam panią – odparł zmieszany.

Ona spuściła na moment wzrok. Wyciągnęła do niego dłoń i dotknęła jego ręki. Gdy tylko ujęła jego palce, natychmiast przeniknął go przyjemny dreszcz.

– Przybyłam najszybciej, jak tylko mogłam – powiedziała. – Mikael powiadomił mnie o twoim stanie. Mówił, że niewiele pamiętasz ze swojej choroby i z tego co się z tobą działo, zanim przybyłeś do Oczu Królowej.

Ariel nic nie powiedział, tylko wpatrywał się w nią bez słowa. Czuł, że im dłużej jej się przygląda, tym bardziej zaczyna się rumienić.

– To prawda? – spytała.

– Co...? – zapytał po chwili, nie wiedząc, o czym ona mówi.

– To prawda, że nie pamiętasz niczego ze swojej choroby?

Pokręcił głową. Nie odrywał od niej wzroku. Nigdy jeszcze nie widział tak pięknej kobiety. Ona westchnęła.

– Tego się obawiałam – powiedziała, a jej piękne oczy posmutniały. – Ale na szczęście udało się zniszczyć ten odbiornik. Okazało się, że on też zawierał w sobie truciznę, która niszczyła twój mózg. Ale teraz już jesteś zdrowy. I twoja mutacja, Ariel, twoja mutacja zaczęła się cofać...! Jest dla ciebie szansa, wyzdrowiejesz całkowicie...!

– Ach... To wspaniale... – odparł, wciąż dość zmieszany.

Kobieta zachowywała się przy nim bardzo swobodnie, co dodatkowo go krępowało. Nie przypominał sobie, aby ktoś kiedyś okazywał mu aż takie zainteresowanie. Nie pamiętał w ogóle, aby był kiedyś z jakąś kobietą. Podobała mu się raz koleżanka z roku na uczelni, ale nigdy nie miał odwagi do niej zagadać. A ta kobieta

Kobieta zachowywała się przy nim bardzo swobodnie...

wprost garnęła się do niego, a on zupełnie nie wiedział jak na to zareagować. Onieśmielała go.

– Ariel, powiedz mi, a co z Jakobem? – spytała. – Czy on nadal jest...?
– Kto? – zdziwił się.
– Jakob.
– Kto to jest?
Zawahała się.
– Nie pamiętasz Jakoba?
– Nie.
Kobieta przygryzła dolną wargę.

– To taki zły człowiek, przez którego wiele wycierpiałeś – powiedziała.
– Znałem go? – zdziwił się.
– Tak... Tak, znałeś... Nie wiesz przypadkiem, co się z nim stało? Nie miałeś, hm... od niego wieści?
Pokręcił głową.
– Nie słyszałem o kimś takim.
Kobieta zamyśliła się. W milczeniu gładziła go po dłoni. Było to bardzo przyjemne. Ariel poruszył się lekko.
– Przepraszam, a my... znamy się? – spytał niepewnie.
Ona zamrugała zaskoczona.
– Ariel, co ty...? Nie pamiętasz mnie...? – spytała zdumiona.
Ariel zawahał się.
– Chciałbym, ale nie przypominam sobie – powiedział.
Ona cofnęła dłoń i zaczesała kosmyk włosów za ucho.
– Nie wiesz, kim jestem? – zapytała.
– Nie... – bąknął.
Ona zmieszała się
– Powiesz mi, jak masz na imię? – spytał nieśmiało.
Kobieta spojrzała na niego i uśmiechnęła się lekko.
– Jestem Blanka – powiedziała.
– A ja Ariel – odparł wyciągając do niej dłoń na tyle, na ile pozwalały mu na to łańcuchy przy kajdanach.
Uścisnęła jego rękę.
– Wiem...
Uśmiechnął się lekko.
– Wybacz, że jestem w łańcuchach, ale podobno byłem dość agresywny, kiedy chorowałem – powiedział, pokazując na stalowe obręcze na jego nadgarstkach. – Choć nie pamiętam tego.
Ona patrzyła na niego z lekkim niedowierzaniem.
– Taak... Tak słyszałam – powiedziała z ociąganiem. – Ty naprawdę mnie nie pamiętasz, prawda?
– Nie, choć bardzo chciałbym pamiętać kogoś takiego – powiedział. – Znaliśmy się?
Uśmiechnęła się szerzej.
– Tak.

...a my... znamy się?...

– Byliśmy dobrymi znajomymi...? – spytał, chcąc ją wybadać.
– Tak, bardzo dobrymi.
Ariel podrapał się w kark.
– A czymś więcej...?
Blanka popatrzyła na niego z wyrozumiałością. Zastanawiał się, czy to było dobre posunięcie, że zapytał ją o coś takiego i już zaczynał tego żałować, ale ona po chwili powiedziała:
– To zależy od ciebie.
Uśmiechnął się.

– Bardzo chciałbym cię lepiej poznać – powiedział.
Ona popatrzyła na niego czule. Od jej spojrzenia zaczęło robić mu się ciepło w okolicach serca.
– Myślę, że będziesz miał ku temu okazję – odparła.
– Zobaczę cię jeszcze?
– Tak – powiedziała. – Mikael nie mówił ci...?
– Czego?
Ona znów przygryzła wargę. Wyglądała, jakby coś w sobie rozważała.
– Kiedy wydobrzejesz, będziesz przez jakiś czas pracował w moim ośrodku dla chorych w ramach takiego... programu naprawczego.
Ariel poprawił się na łóżku.
– Na... naprawdę? – zdumiał się. – Co będę naprawiał?
Ona uśmiechnęła się z rozbawieniem.
– Pomożesz mi naprawiać innych ludzi. Będziesz moim asystentem medycznym.
– Och, to świetnie – odparł entuzjastycznie. – Nie mogę uwierzyć, że Mikael załatwił mi taką wspaniałą pracę. Co prawda nie mam na tym polu wielkiego doświadczenia, ale mam nadzieję, że do czegoś ci się przydam. Chciałbym ci się przydać... bardzo...
Blanka zaśmiała się lekko. Ariel widząc to, uśmiechnął się śmielej.
– Och, Ariel, zmieniłeś się – powiedziała po chwili, ocierając jedną łzę z oka.
– Zmieniłem? – spytał. – A to dobrze, czy źle?
Ona przechyliła głowę w bok, przyglądając mu się. W jej oczach czaiły się wesołe błyski.
– Myślę, że dobrze – odparła.
Ariel odetchnął z ulgą.
– Myślę, że to bardzo dobrze.

KONIEC

Printed in Poland
by Amazon Fulfillment
Poland Sp. z o.o., Wrocław